D E A R + N O V E L

簡単で散漫なキス

久我有加
Arika KUGA

ディアプラス
DEAR+
NOVEL 206
文 BUNKO 庫

新書館ディアプラス文庫

S H I N S H O K A N

簡単で散漫なキス

目次

イラストレーション／高久尚子

簡単で散漫なキス

ベッドに伏せた男の体は、部屋の片隅に置かれた間接照明の、ごく淡い明かりしか光源《こうげん》がない薄闇の中でも、白く浮き上がって見えた。

十一月に入った途端、朝夕は冷たい風が吹くようになった。寝室に入ったときも、暖房がきいていない室内はひんやりとした空気に満ちていたが、今はもう暑くて仕方がない。

目の前で喘《あえ》いでいる男もきっと、暑くてたまらないだろう。汗で濡れた項《うなじ》に髪がまとわりつき、淫《みだ》らな模様を描き出している。両の膝《ひざ》を大きく開いて立て、腰を高く上げた官能的な姿勢のせいで、白い背中にはくっきりと肩甲骨《けんこうこつ》が突き出ていた。

ひきしまった腰がもどかしげに揺れているのは、女のそれとは明らかに異なる肉の薄い尻の谷間に、三本の指を埋《う》め込まれているからだ。

「も、あかん、て……、入れて……」

たっぷりと情欲を含んだ甘い声でねだられ、荒谷周平《あらやしゅうへい》は我知らず熱い息を吐いた。

汗ばんだ滑《なめ》らかな肌も、無駄な肉のないしなやかな体つきも、震える腿《もも》の中心で反《そ》り返《かえ》り、雫《しずく》をこぼし続ける劣情《れつじょう》も、そして三本の指を根元まで飲み込み、淫らな収縮《しゅうしゅく》をくり返している後ろも、信じられないほど蠱惑的《こわくてき》だ。周平より七つ年上の二十七歳だという男の肉体は、ただ若いだけの体にはない、凄絶《せいぜつ》な色気をまとっている。

しかし周平にとっては彼の体より、彼の声と言葉の訛《なま》りこそが、最も情欲を煽《あお》り立《た》てる。

もっと声が聞きたくて、周平は充分に解《ほぐ》れていた場所に入れた指を、更に激しく動かした。

たちまち悲鳴にも似た嬌声《きょうせい》が、男の口からあふれる。指に絡《から》ませておいたローションが淫《いん》靡《び》な音をたてたが、声の艶《つや》っぽさには及ばない。

「なあ、な……」

乱れた息の合間に呼びかける声には、懇願《こんがん》する響きがあった。

ただでさえ熱い下肢《かし》に、更に熱が凝《こご》るが、うん？ とわざと余裕の返事をする。

「早《は》よ、入れて、て」

「だめだ。まだきつい」

「嘘、つけ……。指、三本も、あ！」

男の言葉を、空《あ》いていた手で彼の劣情を扱《しご》くことで嬌声に変えさせる。刹那《せつな》、指を飲み込んだその場所がきつく締まったかと思うと、周平の手の中で男は絶頂《ぜっちょう》を迎えた。

「あ、あ……！」

男は掠《かす》れた声を切れ切れにこぼし、震えながら淫水《いんすい》を放つ。

——この声だ。この声を、もっと聞きたい。

壁の厚いマンションでは、音が外に漏《も》れることはない。男の声を聞くことができるのは、今は周平一人だけだ。

「あ、やぁ」

達しても尚やむことのない愛撫《あいぶ》に、男は恥も外聞もなく声をあげた。与えられる快感を受け止めきれないのだろう、全身をくねらせて悶《もだ》える。

あんまり焦《じ》らすと気絶するかも。

周平はどこか冷めた頭で考えた。現に一週間前の情事の最中にも、男は途中で気を失ったのだ。もっとも、彼のいい場所を集中して責めることで、無理やり覚醒させたのだが。些細《ささい》な刺激も快楽として受け入れてしまう淫らな体は、どちらかといえばテクニックより青さが勝《まさ》る周平の愛撫でも、ひどく感じてしまうらしい。

ゆっくり指を抜くと、男は長く尾を引く甘い声で啼《な》いた。支えを失った腰が、カクリと落ちる。

しかし彼は荒い息を吐きながら、自《みずか》ら腰を高く保とうとした。

二つ並んだ白い丘の谷間にある赤く腫《は》れた場所が、周平の目の前でゆらゆらと揺れる。ローションをまといつかせたそこは、物欲しげに蠢《うごめ》いていた。まるでその場所自体が意志を持ち、誘っているかのようだ。

「ほし……。入れて」

恐らく理性はほとんど残っていないのだろう。そんな中で、唯一はっきりしているらしい欲望を、男は言葉にしてねだる。

下肢が再び疼《うず》いたが、周平は焦《あせ》らなかった。先ほどまで指を入れていた場所に、高ぶった己《おのれ》の切っ先をあてがう。

が、入れることはしない。

思わせぶりに入口を撫でると、男の細い腰が艶《なま》めかしくくねった。

「や、何、早《は》よ」

「入れてほしかったら、俺の名前呼んで」

入口を弄《もてあそ》びながら囁くが、彼は甘い声をあげただけだった。自ら尻を突き出し、入れてくれと更にねだるが、名前は呼ばない。

周平は眉を寄せた。——情事の際の、色を帯《お》びた声を聞くこと。情事の最中に、名を呼んでもらうこと。周平は情事そのものより、それらを望んでいるのだ。

男が周平自身ではなく、我を忘れるほどの強い快楽を求めているのと同じように。

「名前呼べって」

呼ばないと入れてやらない、とばかりにあてがっていた怒張《どちょう》を離すと、男は泣き声をあげた。己を貫《つらぬ》いてくれるものを求めて、ひきしまった腰が淫らに揺れ動く。大きく開かれた脚の中心にある男の劣情から、欲の証《あかし》が滴《したた》るのが見えた。汗の浮いた滑らかな背中が反り返り、扇情《せんじょう》的《てき》なラインを描く。

淫猥極《いんわいきわ》まりない光景を見せつけられて、下肢が張りつめるのを感じつつも、周平は腰を引いたままでいた。男の濡れた声で名を呼ばれなくては、この情事に意味はないのだ。

「呼べよ、早く」

もう一度促《うなが》すと、男は緩《ゆる》く頭を振った。

「エツ……、エツオ……」

ようやく喘ぎの合間に聞こえてきた名前は、しかし周平のものではなかった。

またか、と苦笑したものの、ショックはない。怒りもない。もちろん、萎《な》えることもなかった。快感に侵《おか》された彼が、無意識のうちにエツオと呼ぶのはいつものことだからだ。

「違うだろ。エツオじゃない。周平」

「しゅう、へ……」

「そう。周平のがほしいって、言え」

一度は離したその場所に、再び高ぶった己を押し当てて命令する。

やっと入れてもらえると思ったのだろう、男は震えながら、周平、と素直に呼んだ。

掠れた声が耳に届いたその瞬間、周平の劣情はあからさまに反応した。先端からあふれたものが男の後ろをしとどに濡らし、咄嗟《とっさ》にきつく目を閉じる。

すると男が追《お》い討《う》ちをかけるように、甘い声でねだった。

「周平の、ほし……。入れて」

視界が遮《さえぎ》られたことで、耳に届く声はより一層鮮明《いっそうせんめい》になった。

ああ、この声だ。

何よりこの声がほしいから、この体を抱いている。

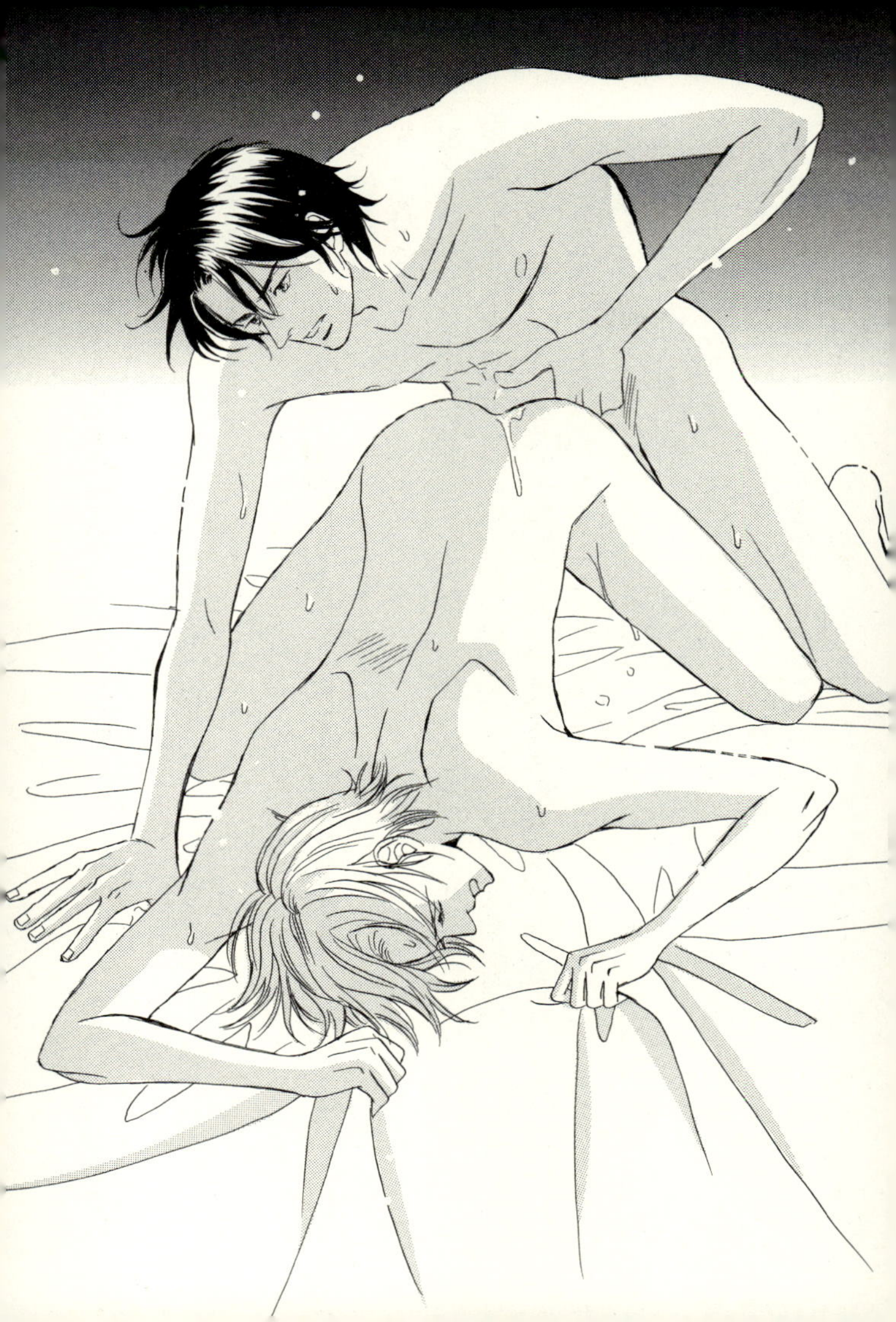

しゅうへい、と再び舌足らずに呼ばれるのと同時に、周平は体を一息に進めた。

「あぁ……！」

待ちに待っていたものを与えられたその場所は、二度と離すまいとするかのように絡みついてくる。

が、熱くて柔らかくて、そのくせしめつけの強い淫らな感触より、男の唇から押し出された嬌声の方が周平を興奮させた。声に集中するために敢《あ》えて視界を閉ざしたまま、欲望に正直に激しく腰を動かす。

「あっ、あ、い、もっと」

辺りを憚《はばか》ることなく、男は艶《つや》やかな声をあげた。粘《ねば》り気《け》を帯びた水音と相俟《あいま》って、その声は目を閉じた周平の耳に一際《ひときわ》官能的に響く。

ひどく煽られて、谷間に男根《だんこん》をくわえ込んだ白い丘を乱暴に鷲《わし》づかみにし、強い力で突き入れると、男は悲鳴のような嬌声をあげた。

「あ……！」

その声が耳に突き刺さり、意識しないうちに呼吸が荒くなる。

もっと聞きたい。もっとだ。

入れたときより硬くなった劣情を、今度はぎりぎりまで引き抜く。

その動きに合わせ、男は彼自身が色めいた音色を奏《かな》でる楽器であるかのように、情欲を滴らせた声で啼いた。

――たまらない。

再び奥深くまで容赦《ようしゃ》なく貫くと、男は周平が望んだ通りの声を漏らした。入れる前はともかく、一度入れてしまえば、快楽に弱い彼は誰の名も呼ばない。舌がまわらなくて呼べないのだ。ただひたすら、艶やかな声をあげ続けるだけである。そこがいい。

感じたままの声をできる限りたくさん、長く聞いていたいのはやまやまだが、周平も限界が近くなっていた。ゆったりとした動きでは我慢できなくなり、速い律動《りつどう》を再開する。すると、男も応《こた》えるように動き出した。

周平が引けば男も前のめりになって引き、周平が押し込むのと同時に腰を突き出す。肌が肌を打つ音と、つながった場所からあふれる卑猥な水音が、殊更《ことさら》大きくなった。

一体となった動きと、その動きに伴《ともな》って男があげる声が、極上の快楽を与えてくれる。

「中、出してい？」

荒い息の合間に問うと、男は揺さぶられながらも頷く。

「して、出して」

耳を蕩《とろ》かす声に促され、周平は男の中に欲望を吐き出した。く、と我知らず喉《のど》が鳴る。

わずかに遅れて、男も何度目かわからない絶頂を迎えた。達する快感と、周平の放ったものを体の奥で受け止める快感の両方を味わっているのだろう、彼は獣《けもの》のように全身を震わせながら、爛《ただ》れた声をあげる。

きつくしめつけられる感覚に耐え切れず、周平は低くうめいた。

「智良《ともよし》さん……」

満足のため息と共に口をついて出たのは、つながったままの男の名ではなかった。

男によく似た声と訛りを持つ、周平の想い人の名だった。


情事の後のシャワーに、それほど時間はかけない。汚れた体をザッと流す程度だ。つい先ほど入れ違いにバスルームへ入っていった家主《やぬし》である男にも、ちゃんと洗《あろ》てるんか、と不審の目を向けられた。

急いでシャワーを浴びるのは、家主より先にシャワーを使う遠慮もあるが、一番の理由は泊まることなく、必ず自宅に帰るからである。従《したが》って、体を洗い流した後に着る服は、大学の講義を終えた後にマンションを訪《おとず》れたときと同じシャツとジーンズだ。

男の住まいへ通うようになってしばらく経《た》つため、既に勝手知ったる他人の家である。周平は冷蔵庫から出したミネラルウォーターをグラスに注《そそ》ぎ、キッチンのテーブルに腰を落ち着けた。

一気にグラスをあおると、渇《かわ》いた喉を冷たい水が通っていくのがわかる。つい先ほどまで出すばかりだった水分が、ほどよく疲れた体に染み渡る感覚が心地《ここち》好《よ》い。ちなみに冷蔵庫にはビールやチューハイも常備してあるが、周平はいつも水しか飲まない。自転車で帰宅しなくてはならないからだ。

ひとつため息を落とし、周平は壁にかかった時計を見上げた。

あと十分ほどで午後十時になる。確か寝室に入ったのが七時前だったから、随分長い間セックスに耽溺《たんでき》していたようだ。

それでもまだ、帰宅する予定の時刻までには余裕がある。

遅くなるって言っておいてよかった。

一つ屋根の下で暮らしている想い人は心配性なのだ。事前に遅くなると伝えておくか、途中で電話を入れれば問題ないが、そうでない場合は、まるで周平が年端《としは》のいかない子供であるかのように心配する。

小学校五年のときに母が男を作って家を出て以来、仕事で忙しい父と二人で暮らしてきた周平にとって、その心配は新鮮だった。本当なら鬱陶《うっとう》しく感じるのかもしれないが、何しろ相手は想い人だ。悪い気はしない。周平が連絡なしで遅くなったとき、想い人はほっと息をついて安堵《あんど》したように笑った後、決まって眉をひそめる。そして、遅《おそ》なるんやったら遅なるて連絡してな、と遠慮がちに言う。そのときの顔も好きだ。

本人はきっと甘えてほしいって思ってるんだろうけど、何でか逆に甘えられてる感じがするんだよな。

心配をかけるのは本意ではないので、きちんと連絡を入れるようにしているが、たまにはあの顔が見たいと思う。それぐらいかわいい。

思い出し笑いに頬を緩めていると、リビングのドアが開く気配がして、周平はグラスに口をつけたまま振り向いた。

タオルで頭を拭《ふ》きつつ入ってきたのは、三十分ほど前まで周平に揺さぶられながら、自らも淫らに腰を振っていた男である。トレーナーにジャージのズボンという軽装《けいそう》だが、スラリと伸びた体つきのせいか、だらしなくは見えない。

「水もらった」

グラスから口を離して言うと、じろりとにらまれた。切れ長の双眸《そうぼう》と通った鼻筋が印象的な整った面立《おもだ》ちは、不機嫌に曇《くも》っている。

「前から中に出すなて言うてるやろ。洗うのにめっちゃ時間かかったっちゅうの」

情事の激しさを証明するかのように、わずかに掠れた声で文句を言われ、周平は軽く首を傾《かし》げた。

「穂積《ほづみ》が出してって言ったんじゃん」

築島穂積《つきしまほづみ》、というのが男のフルネームだ。知り合った当初は穂積さんと呼んでいたのだが、何度か体をつなげた頃に、そんな丁寧《ていねい》な呼び方する関係ちゃうやろ、と言われて以来、呼び捨てにしている。

「ドアホ。やってる最中は理性飛んでるから、何でもうんて言うてまうて、もうわかってるやろが」

けだるげな雰囲気を漂《ただよ》わせながらも、確かな歩調で近寄ってきた穂積に容赦なく頭を叩かれ、いて、と周平は思わず声をあげた。

「何だよ。叩くな」

眉を寄せてみせたものの、周平は彼の、情事のときの色っぽさからは想像できない乱暴な仕《し》種《ぐさ》が嫌いではない。気が楽だからだ。セックスフレンドに相応《ふさわ》しい、近すぎず遠すぎずの距離感が心地好い。

「けど穂積、中に出されんの好きだろ。ゴムつけてるときよりずっと反応いいもんな」

悪びれずに言うと、周平の正面に腰を下ろした穂積はふんと鼻を鳴らした。

「えらい生意気なこと言うようになったなあ、周平。最初は入れてすぐ出してしもたくせに」

「そんな昔のこと言われても」

周平はけろりと言い返す。実際は、バイト先である居酒屋に客としてやってきた穂積と言葉をかわし、その日のうちに寝てから五ヵ月ほどしか経っていない。しかし今となっては、随分昔のことのように思える。

「どこが昔や。まだ半年も経ってへんやろが」

テーブルの下の足を蹴飛《けと》ばされ、いて、と周平はまた声をあげた。この男は口も早いが手も早い。声とイントネーションは似ていても、口調や仕種は想い人と全く異なる。彼はもっとゆっくり話す。その穏《おだ》やかな話し方も好きなのだ。

整っているわけではないが、柔和《にゅうわ》な面立ちが再び脳裏《のうり》に浮かんだそのとき、また足を蹴られた。たちまち柔らかな笑みを浮かべた想い人の顔がかき消え、かわりに細い眉を寄せた穂積の顔が眼前《がんぜん》に迫《せま》る。

「オラ、ぼさっとしてんとビール取ってこい」

「飲みたかったら自分で取りに行け、いって！」

今度は思い切り脛《すね》を蹴飛ばされ、さすがの周平も悲鳴をあげた。

「もうやめぇ言うてんのにしつこうやったんはおまえやぞ、クソガキ。一銭《いっせん》も金使わんとやれてんのや、ビールぐらい取ってこんかい」

不機嫌な物言いに、もー、と文句を言いながらも立ち上がる。

穂積の言い分はもっともだ。会うのはいつも彼のマンションなので、ホテル代はいらない。溜まった性欲を無料で吐き出せるだけでなく、特別いい声を聞かせてもらっているのだ。ビールを取ってくるぐらいはしてもいいだろう。

ま、性欲満たしてんのは俺だけじゃないけど。

「穂積、やめろって言いながらめちゃめちゃ感じてたじゃん。俺がそれだけ巧《うま》くなったってことだよな」

冷蔵庫から缶ビールを取り出しつつ言うと、まあな、と珍しく素直な答えが返ってきた。

「巧《うま》なって当然や、教え方が巧いんやから」

続けて聞こえてきた言葉に、周平は笑った。確かに知識はあっても、実際に同性とセックスをしたことがなかった周平に、一からやり方を教えたのは穂積だ。その事実を恥ずかしがることもなく堂々と言ってのけるところが、いかにも彼らしい。

「そういう奴だよな、あんたは」

言いながらテーブルに戻った周平は、穂積の前に缶ビールを置いた。

穂積は礼も言わずに缶を手にとり、プルトップを引く。

「そういう奴て何やねん。ほんまのことやろが。それに俺は教え方が巧いだけと違《ちご》て、体も最高やし」

「自分で言うなよ」

「うん？　最高やろ？　せやから何回も抱きたなんのやろが」

穂積はわざとらしく上目遣《うわめづか》いで見つめてくる。たちまち切れ長の涼しげな双眸に、色が滲《にじ》んだ。情事の際にかみしめてでもいたのか、普段は色素の薄い唇が紅《くれない》に染まっている。濃いその色がやけに卑猥《ひわい》だ。

やってるときはたぶん、もっと色っぽい表情をしてるんだろう。

後ろからしか入れたことがないから、周平は快楽に狂う穂積の顔を一度も見たことがない。とはいえ見たいと思ったこともないので、不満はない。むしろ最中に顔を見たら、想い人ではない体を抱いていることを思い知らされて冷めてしまう。

「確かに体も悪くないけど、穂積はやっぱ声がいいよ」

こちらもわざと首をすくめてみせると、穂積は一瞬で色気をかき消した。たちまち不遜《ふそん》な表情に戻り、けっと毒づいてビールをあおる。腹を立てたわけではなく、あきれたらしい。その証拠に、おもしろがるような視線を向けてくる。

「俺みたいな最高にエロい体抱いといて、悪うない程度か。まあおまえは結局、俺の声だけが目当てやもんな。さすがトモヨシさんの声だけでイケる男」

ずけずけと言われて、周平は眉を上げた。腹を立てたわけではなかった。何よりも想い人である智良と似た声が重要なのは、本当のことだ。

が、言われっ放しは癪《しゃく》だったので、すかさず言い返す。

「穂積だって俺の体より、あれの形が気に入ったんだろうが。エツオと似てんだろ」

エツオは周平と同じぐらいの背丈らしい。しかし一重《ひとえ》の双眸に細く隆《たか》い鼻筋という、薄めだが鋭《するど》い印象の周平の面立ちとは反対に、エツオは彫《ほ》りの深い、濃い顔つきだそうだ。唯一そっくりなのが、性器の形だという。

「ほんま、長さとか形とかよう似てんねん。中に入ったときの感じがそっくりでごっつええで」

穂積は否定することなく頷く。周平は彼の横に腰を下ろして尋ねた。

「エツオも何回もやんの？」

「回数はまあ、スタミナあるからそれなりやけど、あいつヘッタクソやからな」

「ヘタなのか」

「ヘタやな。ただガツガツ動きよるだけでテクもヘッタクレもない。俺が自分で気持ちええように動かなあかんねん」

あっさり言ってビールをあおる穂積に、へえ、とただ相づちを打つ。淫乱な体を持つこの男が、セックスが下手《へた》な上に女とも付き合っている——いわゆる二股《ふたまた》をかけているエツオと別れないのは、やはり好きだからなのだろう。地元である大阪の高校の同級生で、普通の友達付き合いから始まったらしいが、共に東京の大学に合格して上京してから、恋人になったと聞いている。

しかし性欲が満たされない現実はどうしようもなくて、エツオのそれと似た性器を持つ周平に抱かれるのだ。

俺が智良さんと似た声の穂積を抱けるのは、エツオのおかげでもある。

顔も苗字《みょうじ》も、どういう字を書いてエツオと読むのかすら知らない穂積の恋人には、感謝しなくてはならない。

「その点おまえはほんま、強《つよ》なっただけやのうて巧なったよなあ。俺の教育の賜物《たまもの》や」

うんうんと満足げに頷く穂積に、軽く首をすくめてみせる。

「エツオにも教育すりゃよかったのに」

「したけどあかんかったんや。どんなええ先生がついても、生徒が才能ゼロやったらあかんやろ。どうしようもない落ちこぼれやねん、あいつは」

容赦なくけなしているくせに、口調は常《つね》より柔らかい。エツオの話をするとき、穂積はいつもこんな風だ。出来の悪い子ほどかわいいというやつなのだろう。

「今週の日曜、久しぶりに会うんだろ。落ちこぼれにがんばってもらえよ」

テーブルに頬杖《ほおづえ》をつき、旨そうにビールをあおる穂積を見つめて言う。

仕事で忙しいときは別として、時間があるときは大抵《たいてい》、土日ごとに会っているらしいが、先週は急にエツオに予定が入ったとかで、会えなかったようなのだ。

しかし穂積はただ、ふんと鼻で笑っただけだった。強がっているのか、久しぶりに会うエツオへの愛《いと》しさをかみしめているのか。あるいは、本当に好きな男に抱かれる期待に今から胸を膨《ふく》らませているのか。飄々《ひょうひょう》とした表情からは、穂積の真意はわからない。そこがまた気楽でいい。

「今度は再来週《さらいしゅう》の水曜に来ていいか？」

周平の問いに、ああ？　と穂積は眉を寄せた。

「何で再来週やねん。来週は予定あんのか？」

「や、予定はないけど。日曜にエツオとやるんだろ。そんなすぐに俺に抱かれていいのかよ」

穂積の淫乱さはよく知っているが、周平はあきれた。せめて一週間ぐらいは好きな男に抱かれた余韻《よいん》に浸《ひた》るとか、そういった類《たぐい》の情緒はないのだろうか。

俺だったら一回でも智良さんを抱けたら、次は一週間どころか一年でも我慢する。

しかし穂積はあっさり首をすくめた。

「日曜にやったとしても、再来週の水曜まで待ってたら十日ぐらいお預けやないか。そんな長いこと我慢できるか」

「あそ。穂積がいいなら、俺は全然いいんだけど」

正直、こちらもあまり間を置かない方がありがたい。智良とは一緒に住んでいるため、自慰《じい》をするにも気を遣う。最中にうっかり名前を呼んでしまうことも、ないとは言えない。万が一智良に聞かれでもしたら大変だから、落ち着いてできないのだ。

「じゃあ来週も水曜に来るよ」

言いながら腰を上げた周平は、ほんの一瞬、穂積の唇にキスをした。

次に会う約束をした後に、決まってするキスだ。

以前、何度か体を重ねた後、穂積がふざけてキスをしてきた。もちろん、深いキスではなく浅いキスだったが、情事の最中にもキスをしたことがなかったので、周平は驚いた。穂積はキスしたかったというより、単に周平の驚いた間抜けな顔が見たかったようだ。嫌がらせや、と言って楽しそうに笑った。それが癪だったので、次に会ったときに周平からキスをしてやった。もっとも、穂積は眉ひとつ動かさなかったのだが。

それ以来、別れ際にキスをするようになった。最初は深い意味などなかったキスだが、今はゆびきりのかわりのようなものになっている。

周平は穂積の声が必要で、穂積は周平の性器が必要なのだ。体の相性がいいのは本当だが、ただそれだけではなく、互いが互いでなくてはいけない理由があるセックスフレンドなのである。その証としての、触れるだけの簡単なキスだ。

「んじゃ帰るわ」

一秒も触れていないキスの後、すぐ穂積から離れる。

「お疲れ、周平」

キスをされたことに対する感慨《かんがい》は、やはり欠片《かけら》もないらしい。穂積は顔を赤らめることも、名残惜《なごりお》しい表情を浮かべることもなく軽く手を振った。

お疲れ、と周平も手を上げて応じる。

お疲れ。——穂積は帰宅する周平を、いつもそう言って送り出す。仕事を終えた同僚か、部活動を終えたチームメイトのような挨拶《あいさつ》は、自分たちに合っていると思う。

キスも、俺がゆびきりのかわりだって思ってるだけで、穂積は何とも思ってないのかもしれないな。

精一杯良く考えても、ペットの犬に舐《な》められたようなものだろう。

振り返ることなくリビングを出た周平は、それきり穂積について考えるのをやめた。

心は既に、家で待っている柔和な顔の想い人に向かっている。

思う存分セックスをしたおかげで、好きになってはいけない人を好きになって以来、身の内に巣食《すく》い続けている邪《よこしま》な欲望はなりを潜《ひそ》めていた。体に残っているのは、好きな人を大切に想う優しい気持ちだけだ。

これで今日も笑顔で、あの人と話すことができる。


穂積のマンションから自宅までは、自転車で約二十分。濃厚《のうこう》な情事の後だというのに、ペダルを漕《こ》ぐ足は軽い。

周平が暮らしているのは、築三十年の古いマンションである。名の通った化粧品メーカーに勤める穂積が暮らすデザイナーズマンションとは比べものにならない、ファミリー向けのごく庶民的《しょみんてき》な物件だ。三年前に父親が京都支社へ転勤になって以降、周平はそのマンションで一人で暮らしていた。

智良と二人で暮らすようになったのは今年の春からだ。初めて顔を合わせたのは更にその一年前、去年の春のことである。

大学へ入学してしばらくした頃、父が突然、話があると言って東京へやってきた。キッチンのテーブルで周平と向き合って座った父は、結婚したい人がいるのだと打ち明けた。職場で知り合った女性で、父よりひとつ年上だという。ごく若い頃に夫を病《やまい》で失い、女手ひとつで息子を育ててきた人だと父は言った。

急な話で驚いただろうが、おまえにも認めてほしいんだ。

結婚の話を聞く前から、周平は父親のぎこちない態度に気付いていた。だから驚くことも動揺することもなかった。むしろ、この話をするつもりだったから変だったのかと納得した。

緊張の面持《おもも》ちの父親に、いいんじゃねぇの、と周平はすぐに応じた。

結婚したいって思える人と出会えてよかったじゃん。

そう言うと、父は安堵したように笑って、ありがとうと礼を言った。

父の結婚に賛成したのは、嘘でも強がりでもなかった。心からよかったと思った。

母が家を出ていった後、父は彼女が置いていった離婚届に自分も署名《しょめい》し、役所に出した。しかし周平から見ると、父はあくまでも母の帰りを待っているように思えた。恐らく父は、奔放《ほんぽう》なところを含めて母を愛していたのだ。きっと彼女が忘れられなかったのだろう。

その点では、母が男に会うために派手な化粧をして出かけるところを見たり、男を連れ込んだ母に、マンションを追い出されたりしていた周平の方が冷めていた。母がいなくなったときは、これでもう振りまわされずに済むとほっとしたものだ。だから父が母を吹っ切って、別の女性と人生を共にしようという気持ちになってくれたことは、本当に嬉しかった。

それから一ヵ月後、京都にあるホテルのレストランで、父の結婚相手と会うことになった。当然、周平より六つ年上だという彼女の息子も同席した。

牟田多恵子《むたたえこ》と名乗った女性は、母とは何もかもが対照的な人だった。服装は地味だったが、ふっくりとした体つきと朗《ほが》らかな表情のせいだろう、華やかに見えた。変にこちらを気遣うことなく、よろしくね、と明るく言った彼女に、周平は好感を持った。

しかし実のところ、周平はそのときの多恵子の様子をあまり覚えていない。

反対にはっきりと覚えているのは、彼女の息子、牟田智良のことだ。

マンションの駐輪場に自転車を停めながら、周平はふと笑った。

あのときはほんと、倒れるんじゃないかと思ったもんな。

中肉中背の体をグレーのスーツに包んだ智良は、その場にいた誰よりも緊張していた。まるで娘を嫁に出す父親のように、母をよろしくお願いします、と父に深々と頭を下げた。まさか彼にそんな風に言われるとは思っていなかったらしく、慌てて頭を下げた父を笑って見ていると、智良は周平にも頭を下げた。

周平君も、よろしく。

硬い口調で言われて、周平も父と同じように慌てて頭を下げた。

こっちこそよろしくお願いします。

そう言ってから頭を上げると、智良もちょうど顔を上げたところだった。生真面目《きまじめ》に応じた自分が気恥ずかしくて照れ笑いすると、彼は嬉しそうに笑った。

あの柔らかな笑顔にまず、惹《ひ》かれたのだ。眼鏡の奥の、優しげに細められた双眸から目が離せなかった。智良は今日もきっと、あのときと同じ笑顔で迎えてくれるに違いない。

その至福の瞬間を思い浮かべつつ、周平は一気に階段を上り、三階にある自宅へと急いだ。エレベーターを待っている時間も惜しい。中学高校と何人かの女性と付き合い、セックスも経験したものの、誰にも特別強く惹かれることはなかった。それが智良の顔を見られると思うだけで、足に羽根が生《は》えたかのように軽くなる。

ドアの前にたどり着いた周平は、乱れた呼吸を整えるために深呼吸をした。

ノブに手をかけ、もう一度深く息を吐いて、吸う。――二度目の深呼吸は息を整えるためではなく、これから弟を演じるぞと己に知らせるための合図だ。一回の深呼吸で切り替えられるようになったのは、穂積と寝るようになってからである。それまでは二回、三回と重ねなくては弟になれなかった。

「ただいま」

ドアを開けて声をかけると、おかえり、と応じる声が聞こえてきた。

優しい声に誘われるように、リビングのドアを開ける。たちまち、ほどよく暖められた空気が全身をふんわりと包んだ。

ソファには眼鏡をかけた男が座っていた。風呂から上がったところらしく、パジャマを着ている。義兄《あに》であり、想い人でもある智良だ。

「おかえり、案外早かったな」

想像していた通りの柔らかな笑顔を向けてくれた智良に、周平はうんと頷いた。全身を包んだ室内の空気と同じように優しい気持ちになる。同時に、智良を目の当《まあ》たりにしても、凶暴な欲を感じない自分に安堵する。

「遊びに行った先の奴のカノジョが急に来て、追い出されたんだよ」

周平は軽く首をすくめてみせた。穂積のマンションに寄るとき、帰りが遅くなる理由は、その時々によって変えている。幸い、大学生という自由な身分のせいで、嘘ではないかと疑われたことはない。

「そうか。そら大変やったなあ」

「こっちも邪魔はしたくないから、いいんだけどさ」

笑った彼に周平も笑って答え、ドアを閉めて洗面所に向かった。我知らずため息が漏れる。

かつては飛びかかって衣服を剝《は》ぎ、無理やりにでも抱きたい衝動に駆られたこともあったのだ。今も組み敷きたい欲求はあるが、性欲を思う存分満たした後の体に、獣じみた情動は湧《わ》いてこない。

正直、智良を好きになるまでは、同性を恋愛の対象——いや、この際きれいな言葉を使うのはやめよう。性欲の対象として見たことはなかった。ただ、高校生のときに一度だけ、一学年下の男子生徒に告白された経験はあった。彼に興味を持てなかったので断ったが、同性に恋愛感情を持たれたことに対する嫌悪《けんお》は全く感じなかった。恐らくもともとバイセクシュアルだったのだろう。

でなきゃ智良さんを好きにはならなかっただろうし、最初はどこの誰かもわからなかった初対面の穂積を抱いたりできなかったはずだ。

手を洗い終え、改めてリビングに戻ると、智良が申し訳なさそうに見上げてきた。

「先にお風呂使わせてもろた。ごめん」

「そんなの全然いいよ。遅くなるって言ってたんだし。つか俺に気ぃ遣わないで、智良さんが好きなときに入ってって前から言ってるだろ」

言いながら智良の隣に腰を下ろす。ボディソープと智良の匂いが入り混じった甘い香りに鼻《び》腔《こう》をくすぐられ、たちまち心臓が騒ぎ出した。

が、それを彼に悟《さと》らせるような真似《まね》はしない。ごく自然な仕種でソファに背を預ける。

「ここは智良さんのうちでもあるんだから遠慮しないでよ。だいたい、弟に遠慮する兄貴なんていないだろ」

「……そおかな」

大きく頷いてみせると、彼は嬉しそうに笑った。

「そうだよ」

「ありがとう、周平」

柔らかく名前を呼ばれて、じんと胸が熱くなる。よく似た声なのに、穂積に素《そ》っ気《け》なく呼ばれるのとは全く違う。

智良が呼び捨てにしてくれるようになったのは、身内だけの簡単な結婚式を済ませてしばらくしてからのことだ。年下なんだし弟だし呼び捨てでいいよ、と申し出たのは周平である。そのときも智良は嬉しそうに笑った。

後で聞いた話によると、智良はずっと兄弟がほしかったそうだ。それも弟がほしかったという。ちっちゃい頃に親父が死んでしもたから、キャッチボールする相手がおらんかって。せめて弟がおったら一緒にできたのにって、いっつも思《おも》てたんや。

だから弟ができて嬉しいと彼は言った。言葉通り、とても嬉しそうな様子にこちらも嬉しくなり、そしたらいつか暇なときにキャッチボールしよっか、と言うと、彼は一瞬目を見開いた後、照れたように笑った。その笑顔がまた、たまらなく愛おしかった。

智良は弟を欲している。だから周平は、智良の前では弟を演じる。

ただ、兄さんとは呼ばない。それが唯一、周平にできる意志表示だ。

「智良さんは、今日は何時頃帰ってきたの？」

必要以上に優しい声にならないように気を付けながら問うと、うんと智良は頷いた。

「八時頃かな。今日はあんまり残業せんでよかったから」

「そか。よかったじゃん。最近ずっと帰り遅かったもんな」

うんとまた素直に頷いて、智良はニッコリ笑う。

智良さんは、笑ってる顔が一番いい。

最初に惹かれたのが笑顔だからか、そう思う。特別整っているわけではないが、優しい印象の柔和な面立ちが、更に優しく見える。

「周平、腹は減ってへんのか？」

「一応夕飯は食ったんだけど、ちょっと減ったかも」

周平は腹を撫でた。穂積のマンションへ行く前に定食屋に寄って腹ごしらえはしたのだが、散々運動した上に自転車を飛ばしたため、ちょっとどころか、かなり腹が減っている。

「そしたら焼き飯でも作ろか」

腰を浮かしかけた智良を、いいよ、と慌てて止める。

「仕事で疲れてる人に、遊んでる俺の飯なんか作らせらんないよ」

「遊んでるて周平、ちゃんと大学行ってるやんか」

「そうだけど、仕事してるわけじゃないから。カップ麵《めん》でも食うよ」

鞄《かばん》をソファの脇に置いて、周平は立ち上がった。

キッチンへ向かうと、智良の視線が追いかけてくるのがわかる。好意は感じるが、熱さは欠片もない。信頼している家族に向ける、穏やかな視線だ。

「お父さんが、周平は全然手のかからん子ぉで、親らしいこと何もせんうちに勝手に一人で大きいなってしもたて言うてはったけど、ほんまやなあ」

「親父そんなこと言ったの?」

「うん。自分のことは自分で全部やってきたからやろな、甘えへんし、しっかりしてるし」

感心している口調に、周平はやかんに水を入れながら苦笑した。

甘えないのは、智良にいい格好《かっこう》をしたいからだ。しっかりしていると見られるのは、単に一人暮らしが長かったせいだろう。

「そんな風に言ってくれんのは智良さんだけだよ。友達には気ままとか協調性がないとか言われること多いし。智良さんこそ、ずっとお母さんを支えてきたんだろ。偉いじゃん」

智良の父親は、彼が二歳になったばかりのときに病で亡くなったと聞いている。

対して周平の両親が離婚したのは、周平が十一歳のときだ。しかも、周平は母がいなくなってほっとした。同じ片親とはいえ、状況が全く異なる。

しかし智良は、慌てたように両手を振った。

「支えるてそんなん、全然や。十代の頃はヤンキーやった時期もあるし、オカンには心配かけっぱなしやった」

「ヤンキーって冗談だろ。全然見えねぇし」

「や、ほんまやねん。髪金髪にしとった時期もあるで」

「ほんとに？　じゃあ今度写真見せてよ」

「それは恥ずかしいから勘弁《かんべん》して」

「見せられないってことはやっぱり嘘なんじゃないの？　金髪の智良さんなんて想像できねぇもんな」

「嘘ちゃうて。写真見たらびっくりするで」

打ち解けた会話が続く。穂積とよく似た声で、しかも同じ関西のイントネーションなのに、智良の口調は芯《しん》まで柔らかい。穂積には言葉を耳に投げつけられているように感じるのに、智良には耳をくすぐられているようだと思う。

ともあれ、一時期はこうして話すだけでも苦痛で仕方がなかったのだ。

今春、智良が東京へ転勤することが決まったとき、社員寮がないんだったら周平と暮らしたらどうかと提案したのは、京都で多恵子と共に暮らしていた父だ。

ファミリー用のマンションだから部屋が余ってるんだ。智良君さえよかったら、周平と一緒に暮らせばいい。

正直、周平はまずいことになったと思った。結婚式以降、何度か会って話すうちに、どんどん智良に惹かれていった周平には、彼を兄としてではなく、特別な意味で好きだという自覚が既にあった。好きな人と一つ屋根の下で暮らして、劣情《れつじょう》を抑《おさ》えられる自信がなかった。だから返事に窮《きゅう》した。

そんな、ええですよお父さん、僕一人で暮らしますから。周平君に迷惑かけられん。

周平の様子を見ていた智良は、慌てたように言った。周平が嫌がっていると思ったらしい。

そんな智良の様子を見て、今度は周平が慌てた。智良を嫌っていると誤解されたくなかった。

迷惑だなんて全然そんなことないよ。一緒に暮らそう、智良さん。

気が付けば、そう口に出していた。

すると智良は遠慮がちに、それでも嬉しそうに微笑んだ。

そのときから、周平の苦悩は始まった。——否《いな》。智良の笑顔に惹かれたときから、既に苦悩は始まっていたのだ。

その苦悩を見抜いたのが、穂積だった。

やりとうてもやれんで溜まってる顔やなあ。

情欲に濡れた声が、今も耳にこびりついている。

周平《しゅうへい》、と声をかけられて振り向くと、男二人が前後になって駆け寄ってきた。同じサークルに属している井口《いぐち》と佐々木《ささき》だ。

大学の構内を歩く学生たちの服装は、すっかり秋色に染まっている。歩み寄ってくる友人二人も、それぞれジャンパーとジャケットを羽織《はお》っていた。今日は朝から晴れていたものの気温は低く、日が沈みかけた今、更に寒くなってきている。

「今日これから時間ある？」

井口の問いかけに、いや、と周平は首を横に振った。

「見りゃわかるだろ。今から帰るとこ」

「帰るんだったら暇《ひま》なんだろ」

今度は佐々木が口を出す。

「暇じゃない。外で一緒に飯食う約束してるから」

隠す必要もないので本当のことを答えると、井口と佐々木は顔を見合わせた。

今日は金曜日。バイトは入れていなかったので、早く帰れる予定だという智良《ともよし》と、外で食事をとることにしたのだ。

佐々木と目線をかわした後、井口が再び尋《たず》ねてくる。

「一緒に飯食うってカノジョ？」

「いや、兄貴」

今度もまた本当のことを答えたまでだったが、二人は同時にため息を落とした。父の再婚相手の息子と一緒に暮らしていることは、彼らも知っている。

「また兄貴か。おまえ二年になってからそればっかじゃねぇかよ。何か弱みでも握《にぎ》られてんの？」

「美人のお姉さんならともかく、六つも年上のオッサンとの約束なんかどうでもいいだろ。すっぽかしちまえ」

井口にはあきれたような視線を、佐々木にはそそのかす視線を向けられたが、周平は動じなかった。一年のときからの遊び仲間である彼らの、こうした物言いには慣れている。もっとも、智良と暮らすようになってからはほとんど遊んでいないので、もはや彼らにとって周平は、遊び仲間ではないかもしれない。

智良と共に穏《おだ》やかな時間をすごすこと。その時間に溜《た》まってしまった邪《よこしま》な欲を、穂積《ほづみ》を抱いて発散《はっさん》すること。空《あ》いた時間はその二つに終始《しゅうし》し、大学の友人との付き合いは、以前ほど親密ではなくなっている。

「弱み握られてるわけじゃねぇし、すっぽかすつもりもない。それより何だよ、今日はえらく絡《から》むな。合コンの人数でも足りなくなったのか？」

にやりと笑ってやると、二人は決まり悪そうな表情を浮かべた。図星だったようだ。

「遠藤《えんどう》が急にバイト入って来れなくなってさ。ぶっちゃけ遠藤よりおまえのが女の食いつきいいし、来てくれよ。頼むわ」

「周平、最近全然合コンに顔出してねぇし、いいだろたまには。お兄様には、どうしても抜けられない用事ができたって連絡してさ」

井口と佐々木は口々に懇願《こんがん》する。一年のときは確かに、この二人を含めた数人のメンバーと共に、飲み会だ合コンだと遊び歩いた。たまに会うだけの智良にどんどん惹《ひ》かれてゆく自分が怖くて、わざとばか騒ぎをしたのだ。

今振り返ると、本当にばかだったと思う。

どんなに騒いだところで、想いは消えないのに。

「今回の相手、俺のバイト先のコなんだけど、すげえカワイイんだ」

「マジでレベル高いらしいぞ。周平の好みのコも絶対いるって。久しぶりに入れ食い状態見せてくれよ」

黙っている周平をその気にさせようと、二人は言葉を重ねる。

かつては合コンに誘われると、必ず参加していた。そこで知り合った女性と寝ることも珍しくなかった。互いに遊びと承知で寝たにもかかわらず、付き合ってと言ってきた女性もいれば、勝手に恋人気取りになった女性もいた。しかし当然のことながら、周平は誰とも付き合う気はなかったので、どの女性にも遊んだだけだとはっきり告げた。

荒谷《あらや》周平は、気に入った女性と簡単に寝るが、誰とも付き合わない遊び人。

そんな噂が近隣の大学にまで広まったほどだ。

「なあ、いいだろ」

「俺らを助けると思ってさ」

上着の裾《すそ》を引っ張られ、周平は苦笑した。この二人には悪いが、今となっては合コンなんて面倒《めんどう》なだけだ。穂積がいる以上、体の欲を女性で満たす必要もない。

どう断れば丸く収まるかと言葉を探していると、ポケットの中の携帯電話が鳴った。智良からメールが届いたときに鳴る音だ。

「ちょっとごめん」

二人に断ってから、急いで携帯を取り出す。

「何、カノジョ？」

佐々木が脇《わき》から尋ねてくる。周平の付き合いが悪くなった原因が、兄ではなく恋人ができたからだと考える方がしっくりくるのだろう、彼は事あるごとに、恋人ができたのではないかと聞いてくる。

まあな、と曖昧《あいまい》に濁《にご》して、周平はメールを開いた。

急に仕事が入ってしまいました。遅くなるので夕飯は一緒に食べられません。約束守れなくてほんまにごめんなさい。この埋《う》め合《あ》わせは必ずします。

メールを読み進むうちに、高揚《こうよう》していた気持ちが冷めてゆくのがわかった。

何だ、行けなくなったのか……。

自然と肩が落ちた。吹きつけてきた冷たい風が全身に染《し》み渡《わた》る。

それでも、早めにメールをくれたことは嬉しかった。きっと少しだけ仕事を抜け出して、申し訳なさそうに眉《まゆ》を寄せながらメールを打ったのだろう。他は全部敬語なのに、ほんまにという言葉だけが方言なのが、智良らしくて微笑《ほほえ》ましい。

仕事なら仕方ないな。

佐々木と井口の視線を感じつつ、ため息をつく。

智良と一緒にすごせないのなら、どこで何をしていても同じだ。唯一の例外は穂積と体をつなぐ時間だが、次に彼と会うのは来週の水曜である。約束した日以外には会いに行かないというのが、セックスフレンドとしてのルールだ。メールや電話を入れて会いに行ったこともあるにはあるが、連絡をとったその日に会いに行ったことはない。

携帯電話をポケットにしまい、周平は佐々木と井口に向き直った。

「合コン行くよ」

あっさり言うと、二人は顔を見合わせ、小さくガッツポーズをした。

合コンが行われたのは、先月オープンしたばかりだというレストランバーだった。洒落《しゃれ》た外観と内装に相応《ふさわ》しく、メニューの値段もそれなりに高い。女性側にこの店がいいと言われ、佐々木が予約したらしいが、大学生の合コンにしては高級すぎる気がした。しかも割《わ》り勘《かん》ではなく男の方が七割持ちだというから、それだけ自分たちに自信があるのだろう。

居並ぶ四人の女性たちは確かに、世間一般でいう美人にあてはまる。流行の化粧と髪型、ファッションをそつなく取り入れている。胸の大きさを強調するようなトップスを着ている者もいた。『あたり』か『はずれ』かでいえば、『あたり』だ。

しかし周平には、全員が同じ顔に見えた。媚《こ》びるような視線も笑みも、鬱陶《うっとう》しいだけで少しも心を動かされない。もちろん寝たい欲求も感じない。

つまんねぇ……。

智良と一緒にいられないなら、どこで何をしていても同じだと思ったけれど、欠片《かけら》も興味が湧《わ》かない女性たちと食事を一緒にとることは、想像していた以上に煩《わずら》わしかった。これならまだ、うちに帰って一人ですごした方が気が楽だ。女性の機嫌をとるより、セックスの後に穂積としゃべる、くだらない会話の方がずっとましだと思う。

ただ、値が張るだけあって、出された料理と酒はなかなか旨《うま》い。

端の席に座ることができたのは幸運だった。友人たちと女性たちがくり広げる賑《にぎ》やかなやりとりには加わらず、黙々と皿を空《から》にしてゆく。

智良には店に来る前にメールを送っておいたから、今頃見てくれているかもしれない。俺のことは気にしないで仕事がんばって。そこまで打って送ろうとした周平は、しかし手を止めた。これだけだったら、智良さんは約束を守れなかったことを余計に気にするかもしれない。そう思って、かわりにいつもの餃子《ギョーザ》買ってきて、と付け足して送信した。智良の会社の近くには深夜まで営業している中華料理店があり、テイクアウトもできる。以前、智良が土産《みやげ》に買ってきてくれて以来、それは周平の好物になっているのだ。しばらく待っていると、智良から、了解、買って帰ります！　とすぐにメールが返ってきた。珍しく、謝る男の絵文字が文末に入っていて微笑ましかった。

あんまり食いすぎると餃子が食えなくなるから、ほどほどにしとかねぇとな。

そんなことを考えながらワインをあおっていると、荒谷君、と呼ばれた。

視線を上げると、正面に腰かけたロングヘアの女性が話しかけてくる。

「さっきからずっと食べてるよね。お腹減《なか》ってたんだ？」

「そういうわけじゃないけど、ここの料理旨いから」

笑顔を作ってそつなく応じる。退屈を面《おもて》に出すほど勝手ではない。機嫌よく話している佐々木と井口の邪魔はしたくない。

「あたしこのパスタ好き。辛《から》いけど美味《おい》しいよね」

「辛いの平気なんだ？」

会話できたことが嬉しかったらしく、うん、と彼女は身を乗り出して頷いた。濃いアイメイクを施《ほどこ》した目で、こちらをじっと見つめてくる。

男を誘う目だな、と冷静に分析している自分に、周平は心の内だけで苦笑した。以前は女性の媚態《びたい》にもそれなりに欲求を覚えたものだが、今は何も感じない。バイとはいえ、すっかりゲイ寄りになってしまったようだ。

「荒谷君は辛いの平気？」

はしゃいだ口調に、周平は頷く。

「平気。どっちかっていうと好きかな」

「あたしも辛いの好きなんだー」

この間食べたドコソコのカレーが美味しかったと早速《さっそく》話し始めた彼女に、適当に相づちを打つ。周平に聞く気がないからだろうが、内容は少しも頭に入ってこない。

めんどくせえなあ。

内心でため息をついていると、ちょうど隣のテーブルに二人連れの男が案内されてきた。退屈していたせいもあって、何となく視線を向ける。

刹那《せつな》、斜《なな》め前に腰かけた男と目が合った。

――穂積。

声こそあげなかったものの、周平はわずかに眉を上げた。

穂積もこちらに気が付いたらしく、一瞬、目を見開く。

穂積はダークグレーのスーツを着ていた。髪もきちんとセットされていて、いかにもサラリーマンといった風情《ふぜい》だ。初めて出会ったときもシャツにジーンズだったし、最近は穂積のマンションで会っていたから、ラフな格好《かっこう》しか見ていなかった。確かに穂積なのに、自分が知っている彼とは別人のように思える。

穂積、マジで会社員だったんだ。

妙なところに感心していると、穂積、と彼の正面に腰かけた男が呼んだ。同時に、荒谷君、とこちらも女性に呼ばれ、自然と視線が別れる。

「私の話聞いてる？」

ピンク色の唇を尖《とが》らせた彼女に、ああと頷く。

「聞いてるよ。学食のチキンカレーが旨いんだろ」

耳を掠《かす》めていた単語をかき集め、当てずっぽうを言っただけだったが、正解だったようだ。たちまち機嫌を直して話し始めた彼女に、再び適当に頷く。

しかし周平の意識は目の前にいる女性ではなく、隣のテーブルに向かっていた。

メニューを渡した店員が去ってゆくと同時に、穂積は男と話し始めた。周平の耳には女性の声より、二人がかわす会話の方が鮮明《せんめい》に聞こえてくる。

「せやからごめんて。そんな怒らんといてや穂積」

穂積の正面に腰かけた男が、甘ったれた口調で言う。響きのある低い声が紡《つむ》いだのは関西弁だった。

「別に怒ってへん」

しれっと答えた声は穂積のものだ。

「怒ってるやんか。目が怖いもん。来週の土日は絶対、穂積と一緒におるから」

「でけへん約束すな。おまえの優柔不断はようわかってる」

「穂積～」

やはり甘えるように呼んだ男を、周平は横目でちらと見遣《みや》った。

穂積と同じスーツ姿の彼は、逆三角形のひきしまった体つきだった。恐らく身長も、それなりに高いはずだ。眦《まなじり》がわずかに下がった二重《ふたえ》の双眸《そうぼう》と隆《たか》い鼻筋が印象的な、彫《ほ》りの深い甘い面《おも》立《だ》ちである。一昔前の映画俳優を思わせる二枚目だ。

エツオ、だろうか。——たぶんそうだろう。

穂積に聞いていた容姿《ようし》に、全て当てはまっている。それに穂積は、仕事上の付き合いの人に対しては標準語で話していると言っていた。関西弁を話すのは、プライベートに限っているらしい。もちろんエツオも『プライベート』の中に入っているはずだ。

まあ、確かにいい男はいい男だけど。

全体的にしまりがない。

「向こう、気ぃ付いてるで絶対」

ため息まじりにぼやく穂積に、え、と男は声をあげる。

「そんなことないやろ。それらしいこと何も言われてへんし」

「ドアホ。土日ごとにデートプラン立ててくるて、おまえの体が空《あ》かんようにしとるとしか思えんやないか」

ずけずけとした言い方は、既に聞き慣れたものだ。

しかし周平は、強い語調の端に、ほんのわずかだが苦《にが》さが滲んでいることに気付いた。周平と話しているときの穂積の口調には、一度も感じられなかった響きだ。

が、肝心《かんじん》の男は、その苦さを少しも感じ取っていないらしい。あるいは、単に気付かないふりをしているのか。気楽な口調で応じる。

「たまたまやて、たまたま」

「たまたまで一ヵ月も続くかボケ」

すかさずツッこんだ穂積にも、男は怯《ひる》まなかった。たまたまや思うけどなあ、と悪びれる様子もなく答える。

その様子を横目で見ながら、周平は驚いていた。

一ヵ月も土日に会ってなかったのか。

先週の約束がだめになったことは、話のついでに聞いたが、それまでの休日にも会えていなかったとは知らなかった。

自然と聞き耳をたてていると、穂積がまたため息を落とす音がした。

「おまえ、ええ加減腹決めたらどないや」

「腹決めるって？」

「女とるか、俺とるか」

あきれたように投げつけられた二択《にたく》にも、男は少しも怯まなかった。もしかすると、初めてぶつけられた選択ではなかったのかもしれない。ためらうことなく穂積を見つめ、甘える口調で即答する。

「それやったら穂積とる。俺、穂積がおらんかったら生きてかれへんもん」

周平は思わず顔をしかめた。彼が本気で言っているのではなく、その場しのぎの答えをしただけだと、第三者の周平が聞いてもすぐにわかったからだ。

ろくでなし。

古い歌のタイトルが脳裏《のうり》に浮かぶと同時に、荒谷君、と強く呼ばれた。

ハッとして視線を上げると、正面に腰かけた女性が、ふくれっ面《つら》でこちらを見ている。そういえば、彼女と話している最中だったのだ。穂積と男のやりとりを拾うことに集中していて、すっかり忘れていた。

「ああ、何？」

慌てることなく尋ねると、彼女は唇を尖らせる。

「何って。私の話、聞いてなかったでしょー」

「や、聞いてたけど」

「嘘。じゃあ何でそんな顔してんの」

語気を強めた彼女に、周平は眉間《みけん》の皺《しわ》を深くした。

うるせぇな。穂積が何て言ったか聞こえなかったじゃねぇか。

内心の腹立ちが面《おもて》に出そうになった周平は、眉間の辺りを指で押さえた。

「ごめん。ちょっと酔ったかも」

うつむき加減で言う。我ながらしらじらしいごまかし方だと思ったが、えー、と女性は心配そうに眉をひそめた。

「そうなの？　大丈夫？　気分悪い？」

「いや、気分は悪くないよ。けどちょっと飲みすぎたかも」

「じゃあさ、ここ出たら休んでこうよ。ね？」

かわいらしく小首を傾《かし》げた女性は、上目遣いでこちらを見つめてきた。あからさまに誘う視線を受けるまでもなく、休むという言葉がセックスを意味していることは、容易に知れる。

その気は全くなかったが、この場ではっきり断ると面倒なことになりそうだ。

周平は否《いな》とも応《おう》とも答えず、黙って微笑んだ。

一方の女性は、周平が誘いに乗ったと解釈したらしい。意味深に笑み返してくる。

それきり彼女が口を噤《つぐ》んだので、周平はほっとした。勝手に勘違いしてくれて助かった。これで興味の欠片もない話に相づちを打たなくて済む。店を出たら彼女に構わず、さっさと帰ってしまおう。

……俺もろくでなしか。

一人苦笑しつつ、周平は再び隣のテーブルの様子を窺《うかが》った。

穂積は既にメニューから目を離し、椅子に背を預けて腕組みをしていた。なまじ整った容姿なだけに隙がない。それどころか、見るからに偉そうだ。その点は、周平といるときと変わらない。

反対に彼の前に腰かけた男は、前屈《まえかが》みになってメニューを見ていた。視線が絶え間なく泳ぐ。なかなか決められないようだ。

二年も二股《ふたまた》を続けている男である。メニューだけでなく何事においても決められないし、断れない性格なのだろう。そういえば先ほども、二股をかけている女性と会うことになったせいで、土日に穂積と会えなくなったようなことを言っていた。一ヵ月ぶりの逢瀬《おうせ》が、男の勝手な都合でふいになったわけだ。

怒んねぇのか、穂積。

横目で見遣ると、穂積は苛立《いらだ》った声をあげた。

「いつまで迷《まよ》てんねん、早《は》よ決めんかい」

怒るのそっちかよ。

心の内でツッこむ。

「ん、ごめん。あとちょっとだけ待って」

メニューに目を落としたまま答えた男に、穂積はため息を落とした。それきり何も言わず、男を見つめる。涼しげな切れ長の双眸は、わずかに細められていた。そこから放《はな》たれているのは、愛《いと》しさとあきらめとが複雑に入り混じった視線だ。

ほんとに好きなんだな、と思いつつワインをあおる。

周平が同じように長い時間迷ったとしたら、容赦《ようしゃ》なく蹴飛《けと》ばされるだろう。

まあ俺と穂積が外で食事とるってこと自体、ありえないけど。

「……もう俺と同じやつにしとけや」

静かに発せられた穂積の言葉に、周平はなぜかハッとした。思わず視線だけでなく顔も穂積に向けてしまう。

周平の視線を感じたはずだが、穂積が見返してくることはなかった。腕を組んだまま、男をじっと見つめ続けている。

しかし肝心の男はメニューをにらんでうなるばかりで、穂積を見ない。

「同じは嫌やなあ。どうせやったら別の食べたい」

ろくでなしの上に無神経。

さりげなく視線をそらし、心の内だけでつぶやく。

別のを食べたいって、二股かけてる奴が恋人に言うセリフじゃねぇだろ。

すると視界の端で、穂積が椅子から上体を離したのが見えた。

罵倒《ばとう》するか、男の顔面に水を浴びせるか。穂積なら、どちらを選んでもおかしくない。

や、どっちも同時にやるかも。

しかし穂積は周平の予想を裏切り、どちらもしなかった。男の手元にあるメニューを指さしただけだ。

「そしたらこっちのコースにせぇ。おまえこういうの好きやろ」

ぶっきらぼうな口調に、うん、と男は素直に頷いた。ようやく顔を上げ、穂積に向かってニッコリ笑いかける。

「これにするわ。さすが穂積、俺の好みをようわかってんなあ」

甘ったれた物言いに、アホか、と穂積は応じた。

素《そ》っ気《け》ないが、冷たくはない。二人の間で数えきれないほどくり返されてきたやりとりであることが、親密な空気から伝わってくる。

きっと学生時代から十年近く、彼らの関係は変わっていないのだろう。

初めてエツオの話をしたときに穂積が言った、腐《くさ》れ縁《えん》、という言葉が思い出された。

穂積と初めて会ったのは、五ヵ月ほど前。異様に蒸し暑かった、ある夜のことだ。周平のバイト先である居酒屋に一人、ふらりとやって来た穂積に、注文をとりに行って驚いた。声が智良とそっくりだったのだ。しかも東京ではあまり聞くことがない関西の訛《なま》りまで同じだったため、インパクトは大きかった。忙しく立ち働いていても、自然と穂積に目が向いた。

それは智良と暮らし始めて二ヵ月ほどが経った頃で、周平は日に日につのる彼への性欲を持て余していた。自慰《じい》も満足にできない。合コンで知り合った女性を抱いても、少しも満たされない。それどころか、男とは異なる女の体に苛立つばかりだった。

そんな風だったから、智良と似た穂積の声にも過剰《かじょう》に反応してしまったのだ。

時折向けられる周平の視線を楽しむかのように、穂積は閉店ぎりぎりまで、ゆっくりと酒を飲んだ。そして皿を下げに行った周平に、バイト何時に終わる？　といきなり聞いてきた。

え、と思わず声をあげると、彼はうっすら笑った。そしてちょいちょいと指を動かした。吸い寄せられるように体を屈《かが》めると、穂積は耳元で囁いた。

やらしたる。

吐息まじりの色を帯《お》びた声だった。智良に言われた気がして、一気に体が熱くなった。

それからのことは、よく覚えていない。バイトを終えた後、外で待っていてくれた穂積と共にホテルへ行った。部屋に入ったところで我慢できなくなり、彼を力まかせに抱きしめ、乱暴に押し倒した。

穂積は怖がる様子もなく笑っていた。逃げへんから落ち着けや、と宥《なだ》められたことを覚えている。

それでも興奮を抑《おさ》えきれなくて、ボタンを引きちぎる勢いでシャツを脱がそうとすると、両手で頬を包まれ、そのまま穂積の顔の正面まで引き寄せられた。下から覗《のぞ》き込《こ》んできた穂積はまた、ふと笑って言った。

やりとうてもやれんで溜まってる顔やなあ。

後で聞いた話だと、そのとき自分は泣き笑いのような表情を浮かべたらしい。ごっつムラムラしてんのに情けない感じがかわいそうで、ツボにハマってん。——しれっと言った穂積に、苦笑するしかなかった。

ともあれ、同性との初めてのセックス、それも智良と似た声が色っぽくよがるのを聞きながらのセックスは、信じられないほど良かった。穂積に導かれるまま背後《はいご》から入れたために顔が見えず、声だけに集中できたので、余計《よけい》に智良本人を抱いているような錯覚《さっかく》に陥《おちい》った。

俺、男おんねん。

セックスを終えた後、そのあまりの強烈さにぐったりとベッドに伏した周平の横で、穂積は淡々と言った。

知ってる、と周平は答えた。

あんた、最中に何回も男の名前呼んでたし。

あそ、と頷いた穂積を、周平は横目で見上げた。ベッドに上体を起こし、煙草をくゆらせる彼の横顔は、男にしては確かにきれいだった。

しかしその端整《たんせい》な容貌《ようぼう》は、智良とは全く似ていなかった。声はそっくりなのに不思議だな、と思った。

そのときはまだ、穂積の名前も知らなかった。知っていたのは、彼が同性とのセックスに長《た》けていること。その体が恐ろしいほど淫乱《いんらん》で、こちらにも極上の快楽を与えてくれること。そして彼が想う男の名前が、エツオであることだけだった。抱いているとき、彼は何度も、智良とよく似た声でエツオと呼んだのだ。

俺も好きな人いるから。

穂積を見上げて言うと、知ってる、と彼も応じた。

おまえも、何回も男の名前呼んでたし。

あそ、と周平も頷いた。そのときは互いに素性《すじょう》を知らないことが、逆に気が楽だった。最中に呼んでしまった智良という名が誰の名であるのかも、穂積は当然知らないからだ。

恋人いるのに俺とやっていいのか？

散々《さんざん》セックスを楽しんでおいて今更な質問だったが、穂積は怒らなかった。それどころか、おもしろそうにこちらを見下ろしてきた。

ええねん。俺の男、二股かけててなかなか会えんから足らんのや。

何だそれ。二股かけてるってわかってんのかよ。

わかってる、とあっさり答えた穂積に、周平は眉を寄せた。

別れようって言われねぇの?

言われへんな。

あんたは別れようって言わないのか?

言わん。

じゃあ二股かけてる相手と別れろって言えばいいじゃん。

せやな。

せやなって、言わないのかよ。

まあな。

まあなって何だよ。言えよ。

上体を起こした周平は、思わず語気《ごき》を強めた。自《みずか》ら誘ってきたことといい、セックスのときの巧《たく》みな手管《てくだ》といい、穂積は終始積極的だった。特に饒舌《じょうぜつ》なわけではなかったが、自分の意志をはっきりと言葉にした。それなのに恋人の話になった途端、曖昧《あいまい》な物言いしかしなくなったことに苛立ったのだ。

穂積はといえば、周平の剣幕《けんまく》に目を丸くした。そして次の瞬間、小さく噴き出した。ガキやなあ、とでも思ったのかもしれない。

後で考えると、確かにガキだったと思う。恋人同士のことは、恋人同士にしかわからないものだ。他人がどうこう言うべきではない。そもそも、恋人がいる男と寝た自分を棚《たな》に上げて、その男の恋人の不実を責めるなんて愚《ぐ》の骨頂《こっちょう》だ。

しかしそのときの周平は、自分より明らかに年上の男にばかにされたように感じた。だからムッとして穂積をにらみつけた。

笑うことないだろ。

文句を言ったが、穂積がにらみ返してくることはなかった。一頻《ひとしき》り笑った後、おもろいなあ、とつぶやいて、ちびた煙草を灰皿に押しつけただけだった。やがて大きくため息をつき、独り言をつぶやくように言った。

あいつとは腐れ縁やからな。しゃあないわ。

あっさりとした口調とは対照的に、彼は泣き笑いのような表情を浮かべた。

「しゅう、周平《しゅうへい》」

情欲に濡《ぬ》れた声で呼ばれ、何、と返事をする。

「も、いって」

ひきしまった腰を揺すった穂積《ほづみ》を、周平は見下ろした。

バスルームの壁にすがった彼は、一糸纏《いっしまと》わぬ姿だ。立ったまま周平を受け入れているため、両の脚《あし》がガクガクと震えている。根元まで周平を飲み込んだ後ろも、激しい収縮《しゅうしゅく》をくり返していた。

先にシャワーを浴びていた穂積の邪魔《じゃま》をしたのは周平である。バスルームに入ったとき、何、と不審げに問われたものの、出ていけとは言われなかったので、そのまま事に及んだ。

「このままで、気持ちいいだろ？」

深く腰を入れつつ、前にまわした手で穂積の劣情《れつじょう》を弄《いじ》る。

たちまち彼は甘い声をあげた。高ぶった劣情もしとどに雫《しずく》をこぼし、周平の手の動きをより滑《なめ》らかなものにする。

先週の金曜日、レストランバーを出た後、すっかりホテルに行くものと思い込んでいたらしい女性を放ってさっさと帰宅した。凄《すさ》まじい怒りの視線が背中に突き刺さってきたが、知ったことではない。

帰り道、携帯電話を取り出した周平は、穂積にメールを入れようかどうか迷った。が、すぐにメールを送る必要などないことに気付いた。穂積が土日にエツオと会おうが会うまいが、周平には関係のないことだ。約束した通り、水曜日に彼のマンションへ行けばいい。

だいたい、何てメール打つんだよ。

寂しいなら土曜か日曜に行こうか？　——どうせ水曜になればやって来るセックスフレンドに来てもらっても、嬉しくも何ともないだろう。それどころか、邪魔なだけかもしれない。相手の女が気付いてるんだったら、近いうちに修羅場《しゅらば》になるんじゃないのか。いい加減白黒つけろよ。——それこそ余計《よけい》なお世話だ。ただのセックスフレンドに、恋人との関係について口出しされたくないだろう。

ていうか店出た後、土日に会えなくなった分、ホテルにでも寄ってやってるかもしんねぇし。

穂積は恋人に抱かれるのを心待ちにしていたのだ。エツオを誘ったに違いない。穂積に甘えていたあの男なら、きっと断らない。誘われるまま穂積を抱いたはずだ。

ふいにばかばかしくなって、周平は呼び出していた穂積のメールアドレスを乱暴に消した。

恋人になれても、幸せな結末が待っているとは限らない。

どうしたって恋人にはなれないけど、誠実に向き合ってもらえてる俺の方が、まだましなのかも。

金曜の夜、マンションに帰ってしばらく経《た》った頃、仕事を終えた智良《ともよし》が帰ってきた。ほんまごめんな、と何度も謝る智良と一緒に、彼が買ってきてくれた餃子《ギョーザ》を食べた。他愛《たわい》ない話をしたただけだったが、合コンとは比べものにならないほど楽しかった。

いや、でも、俺も穂積と同じなのか。

自分が想う強さと同じだけの強さで、好きな相手に想われていないという点では、少しも変わらない。

「あ、あっ」

前への愛撫《あいぶ》に合わせて穂積が漏《も》らす嬌声《きょうせい》が、淫猥《いんわい》な水音と共にバスルームに響いた。周平の劣情を飲み込んだ熱い内壁《ないへき》が、早く突いてくれと言わんばかりに絡《から》みついてくる。

恋人にゆっくり抱いてもらえなかったせいか、ただでさえ感じやすい穂積の体は、いつも以上に乱れていた。

「も、いく、出る、から」

掌《てのひら》の中の穂積が達しそうになるのを、周平は指で強引に止めた。

「やっ、何す……！」

「あの後、エツオとやった？」

その問いは、ごく自然に口をついて出た。正直、なぜ今そんなことを聞く気になったのか、自分でもわからなかった。

先週の金曜から今日まで、穂積からはメールも電話もなかった。今日、マンションを訪《たず》ねたときも、彼はバーで顔を合わせたことに触れなかった。だからこちらも何も聞かなかった。聞く必要などないと思ったのだ。それなのに。


「穂積」

喘《あえ》ぐばかりで答えない穂積の名を呼ぶ。絶頂《ぜっちょう》の波をせき止められているからだろう、彼は身悶《みもだ》えながら喘ぐ。

「はな、あ、放せ」

「エツオとやったのか？」

指の力を緩《ゆる》めずにもう一度尋《たず》ねると、穂積はいやいやをするように激しく頭を振った。

「や、放して、して」

ひきしまった腰が不規則に揺れる。周平が動かないかわりに、自《みず》らが動いて快感を得ようとしているのだろう、白い尻が淫《みだ》らに前後する。く、と周平は喉《のど》を鳴らした。あまり時間をかけすぎると、こちらが先に達してしまいそうだ。

「答えたら、いかせてやる。ほしいだけ、突いてやるよ」

荒い息を吐きながら、周平はもう一度尋ねた。

「エツオと、寝たのか？」

「ね……、寝てへん……」

「やってない？」

穂積はコクコクと何度も頷いた。

「やって、へん……。前の、水曜から、いっぺんも……」

喘ぐ息の合間を縫《ぬ》って発せられた言葉を聞いた途端、周平は全身の血が一瞬で沸騰《ふっとう》したかのような錯覚を覚えた。

普段ならともかく、快楽に支配されている状態で、穂積が嘘を言うとは思えない。金曜にエツオに抱かれなかったのは本当だろう。もしかしたら、空《あ》いた土日に別の男を誘うか、買うかしたかもしれないと思っていたが、それもしなかったらしい。

俺以外とは、誰ともしてないんだ。

確信を持つと同時に、かつてないほどの情欲が湧《わ》き上《あ》がってきた。興奮を抑《おさ》えきれず、穂積の劣情を激しく愛撫する。そうして手を動かしながら、彼の感じる場所を狙《ねら》って力任せに突き上げる。

「ひ、あぁ！」

既にぎりぎりまで追いつめられていた穂積は、掠《かす》れた声をあげて達した。勢いよく放たれたものがバスルームの壁に散る。

きつくしめつけられて堪《こら》えきれず、周平も彼の中で絶頂を迎えた。

目眩《めまい》がするほどの快感に、きつく目を閉じる。穂積の中で達するのは、いつも強烈《きょうれつ》に気持ちがいいけれど、今日は特別いい。しかも達して尚、穂積の中に収めたものは硬いままだ。まだ足りない。もっとほしい。

もっと感じさせて声をあげさせたい。その甘い声を聞いていたい。

休む間もなく中をかきまわすと、粘《ねば》りを帯《お》びた卑猥《ひわい》な水音が、一際《ひときわ》大きく辺りに響いた。穂積は周平が望んだ通りに、色めいた悲鳴をあげる。

「や、も、無理……」

穂積は壁に爪をたてて悶えた。腿《もも》や膝《ひざ》が震えているのがわかる。周平の劣情が奥深くまで打ち込まれていなかったら、とうに崩れ落ちているだろう。そのくせ、彼の内部は周平を更に喜ばせようとするかのように、艶《なま》めかしく蠢いている。

俺だけじゃない。穂積も足りないいんだ。

「無理じゃ、ねぇだろ」

荒い息を吐きながら囁いて、周平は絶頂を迎えたばかりの彼の劣情を握《にぎ》った。あぁ、と穂積は艶《つや》やかな声をあげる。

掌《てのひら》の中のものは、周平のそれと同じように高ぶっていた。

「いったばっかりなのに、硬いじゃん」

自然と笑みを浮かべながら、指を巧《たく》みに動かして扱《しご》く。

すると細い腰がくねった。扇情的《せんじょうてき》な動きに目を奪われる。

「あ、んん」

「またいきそう？」

「ん、うんっ……」

夢中な様子で頷く穂積に、更に情欲を煽《あお》られる。理性をなくして悶える肢体《したい》は、淫乱《いんらん》な獣《けもの》のようだ。

エッオはセックスが下手《へた》だと言っていた。どんなに穂積がエッオを好きでも、エッオはきっとこんな穂積は見ていないだろう。

そう考えただけで、穂積の中に入れていた劣情が力を増した。

あぁ、と穂積はまた艶やかな悲鳴をあげる。

「エツオ、エツオ……」

泣きながら呼ぶ声に、周平は我に返った。

煮えたぎるマグマのようだった頭の片隅が、ひやりと冷える。

——何考えてんだ、俺は。

穂積とのセックスが盛り上がっているときに、彼の恋人について考えたことなどなかった。

感じたままの穂積の声を智良の声に重ね、ひたすら快感を追っていた。

それなのに今日は、エツオとやったのかと聞いたり、エツオと穂積の情事を想像したり、どうかしている。

実物を見たからかも。

ずっと漠然《ばくぜん》としたイメージでしかなかった男が、突然実体を持ったのだ。インパクトが強かったのかもしれない。

穂積に甘えていた彫《ほ》りの深い顔つきの男を、意識して頭から追い出す。

「エツオじゃない、周平」

今にも達してしまいそうな穂積の劣情をつかまえ、言い直しをさせようとする。

いつもならすぐ周平と呼び直す彼は、しかし更に恋人の名を呼んだ。

「やぁ、エツ、エツオ、いく」

「違う、周平だろ。周平って言え」

感じすぎて周平の声が聞こえないのか、エツオ、と穂積は尚も呼ぶ。

周平の手の中の性器は、絶え間《たま》なく雫をこぼしていた。周平をくわえ込んだ後ろも、淫靡《いんび》な収縮をくり返す。濡れつくした白い肌は上気《じょうき》し、官能的な色に染まっている。

穂積の中では、今自分を抱いている男は周平ではなくエツオなのだ。恋人に抱いてもらえなかった不満を、まさに今、恋人に似た周平の性器を使って解消している。

一度は追い払ったはずのエツオの顔が、亡霊のように脳裏《のうり》に浮き上がった。それやったら穂積とる、と言った甘えた口調までが耳に甦《よみがえ》る。

同時に、目を細めてエツオを見つめていた穂積も思い出された。

あきらめと愛《いと》しさを等分に滲《にじ》ませた、情の深い視線。それが周平に向けられたことは一度もない。

刹那《せつな》、何と表現していいかわからない、もやもやとしたものが胸に湧いた。

――何だこれ。

今まで一度も感じたことのない感情に戸惑う。

が、間を置かずに絶頂の波が襲いかかってきて、周平は低くうめいた。

もう一秒も我慢できない。すぐに激しい律動《りつどう》を再開する。

「あ、あぁ、あ」

もはや穂積は誰の名も呼ばず、ただ甘い声をあげ続ける。

周平も余計なことは考えず、耳を蕩《とろ》かすその声に酔った。


「見てみぃ、これ」

不機嫌そのものの声が降ってきたかと思うと、開いていた脚の真ん中に、どかっと足が置かれた。わっと思わず声をあげる。

つい先ほどまで穂積を思う様よがらせていた大事な場所まで、わずか数センチ。踏《ふ》み潰《つぶ》される危険を感じた体が、反射的に反《そ》る。

「あ、ぶねぇな。踏んだらどうすんだ」

リビングの床を上にずれながら抗議すると、穂積は眉《まゆ》を動かした。

「おまえの場合、ちょっとぐらい踏み潰した方がおとなしいなってええかもな」

「怖いこと言うなよ……」

半分以上本気らしく、真顔で言った穂積を見上げる。

上はTシャツ、下はボクサーパンツを身につけているだけだ。無駄《むだ》な肉のないひきしまった体には、表だけを見ると情事の痕跡《こんせき》はほとんどない。が、背面《はいめん》にまわれば、そこここに周平がつけた赤い痣《あざ》が散っている。

「オラ、見ろっちゅうの」

頭を小突《こづ》かれ、周平は眉を寄せた。

「いちいち叩くな。見るって何を」

「膝《ひざ》」

言われて穂積の顔から膝に視線を下ろすと、右も左も赤くなっていた。血が出ているわけではないが、擦《す》りむけている。

「おまえが風呂場でやるからや」

「けど穂積、ベッド行こうかって聞いたら、ここでしてって言ったじゃん」

最後まで言い終えないうちに、ドアホ、と罵《ののし》られた。同時に、平手で思い切り頭を叩かれる。

パシ、とやけにいい音がした。

「いって！　痛《いて》えな」

「ああ、そらよかった。痛《いと》うしてんのやから痛《いた》い思《おも》てもらわんとな。入れたまま聞かれたら、ここでしてて言うに決まっとるやろがボケ」

再び容赦《ようしゃ》なく頭を叩かれる。て、と周平はまた声をあげた。

立ったまま二度達した後、穂積を床に這《は》わせて背後から貫《つらぬ》いた。三度目の絶頂を迎えたときにはもう、エツオを思い出すことはなく、ただ智良と似た声に酔いしれた。

「これで気持ちようなかったら、ほんまに潰してるとこや」

腕を組んで見下ろしてくる穂積を、上体をそらして見上げる。

セックスを終えたばかりのときは息も絶《た》え絶《だ》えになっていたのに、今はもうしっかりと床を踏みしめている。リビングには暖房が入っているとはいえ、Tシャツとパンツだけではさすがに寒いだろう。

しかし穂積は肌を粟立《あわだ》てることも、身をすくめることもしない。本当にタフな男だ。

「セックスはよかったんだ？」

周平の問いに、穂積はあっさり頷く。

「ああ、めっちゃよかった」

「後ろ洗ったときもよかった？」

場所がバスルームだったため、穂積の後始末はそのまま周平がしたのだが、ただ清《きよ》めるだけではなく不埒《ふらち》な悪戯《いたずら》を仕掛けて甘い声をあげさせた。後ろはきれいになったものの、また汚れてしまった前を、丁寧に洗い流した。

「よかった。おまえ指長いし、器用やしな」

穂積はまたしてもあっさり頷く。確かに今日の彼は、いつも以上にいい声で啼《な》いた。

ただ、とうとう最後まで周平と呼ぶことはなかった。しつこく責めたのは、穂積の声がせめてエツオと呼ばないようにするためだ。

智良さんの声で、別の男の名前を呼ばれると冷める。

情事の最中に湧いたもやもやとした感情の正体は、結局よくわからなかった。嵐のような快感が去った今、改めて思い返してみてもわからない。

快楽に我を忘れた穂積がエツオと呼ぶのは、いつものことだ。

それなのに何だったんだ、ほんとに。

「よかったんならそれでいいじゃん」

性欲が充分に満たされているのを感じる一方で、釈然《しゃくぜん》としない気持ちも感じつつ素《そ》っ気《け》なく言うと、穂積は盛大に顔をしかめた。

「ええことあるか。お気楽な学生のおまえと違《ちご》て、俺は社会人やねん。会社員やねん。明日も仕事あんねん。これスーツに擦《す》れたら絶対痛いぞ」

「絆創膏《ばんそうこう》はれば？」

「ドアホ。二十七にもなった男が膝に絆創膏なんかはれるか。しかも両方やぞ。転んで怪我したガキかっちゅうの」

「年は関係ねぇだろ。変な見栄《みえ》張ってないで、痛いんだったらはりゃいいじゃん。ズボン穿《は》いたらどうせ見えないんだしさ」

言いながら、周平は赤く染まった穂積の膝を見下ろした。

赤というよりピンク色だ。色が白いため、痛々しい。

――それにエロい。

吸い寄せられるように手を伸ばし、指先で赤くなった部分をそっとたどる。

すると、ぴく、と穂積の脚が小さく反応した。

「……コラ。何してんねん、触んな」

「痛い？」

「はあ？　痛いに決まってるやろが」

ふうん、と頷いて体を屈《かが》めた周平は舌を伸ばし、赤くなった場所を舐《な》めた。そうすることが当然のように思えたのだ。味はしないはずだったが、ボディソープの香りが鼻先をかすめたせいか、甘く感じる。

穂積が体を強張らせたのがわかって、周平はハッとした。

何やってんだ俺は。

穂積は口より先に手が出る。いや、この場合は脚か。今膝で蹴られたら、顔面《がんめん》にくらうこと間違いなしだ。

焦《あせ》って体を引こうとしたそのとき、穂積が息を吐く気配がした。

目の前にあるスラリと伸びた脚が動く気配はなくて、ほっとする。

「おまえ、さっきから何をやってんねん」

怪訝《けげん》そうな声が降ってきて、またほっと息をつく。どうやら怒ってはいないようだ。

「何かエロいなあと思って」

「アホか」

本当のことを答えただけだったが、すかさず頭を叩かれた。先ほど二回叩かれたときよりは痛くなかったので、声をあげることはしない。

「今日はもうせんぞ、エロガキ」

あきれたように言って、穂積は脚の間から退《ど》いた。踵《きびす》を返し、向かい側にあるソファへスタスタと歩いてゆく。

ひきしまったふくらはぎと、雪のように白い膝の裏を、周平はぼんやりと見つめた。

「穂積」

「何や」

「来週の日曜はエツオと会うのか?」

ソファに置いてあったジャージのズボンを穿きながら、まあな、と穂積は返事をする。それは以前に聞いた曖昧《あいまい》な物言いと似ていた。約束はしても、破られる確率が高いとわかっているに違いない。

金曜の夜に聞いた穂積とエツオの会話から、この一ヵ月に数回あった休日を、二人が一日も共にすごしてはいないことはわかっている。セックスにしても、時間の制限がある平日に、急《せ》かされるように寝ていただけなのだろう。

なあ、と穂積に声をかける。

「エツオのどこがよくて付き合ってんだ」

純粋に疑問だった。実際に見たエツオはそこそこ二枚目ではあったが、それ以外にいいところはひとつも見つけられなかった。優柔不断で甘ったれ。平気で嘘をつく。その挙《あ》げ句《く》の二股《ふたまた》だ。客観的に見ると、どこがいいのかさっぱりわからない。

ズボンを穿き終えた穂積は振り返りもせずに、さあ、と首を傾げた。

「アバタもエクボっちゅうやつちゃうか?」

「ちゃうかって俺に聞くな」

顔をしかめると、穂積は声を出さずに笑った。ゆっくりとこちらを振り向き、ソファに深く腰かける。かと思うと、長い脚を悠然と組んだ。――強気で不遜《ふそん》。そんな言葉が似合う態度である。同時にまた、エツオとのことはおまえには関係ない、と言われているようにも感じられて、周平は小さくため息を落とした。

関係なくても、体は寂しいんだろうが。

「穂積」

「何」

「今度いつ来ればいい？」

いつもなら、来週の水曜に来ていいか、と具体的な日時を出しているところである。穂積の仕事が忙しくなければ、大抵《たいてい》水曜に会うからだ。

けど今週の日曜に体が空《あ》いて寂しいんだったら、週二回になるけど、日曜にも来てもいい。

穂積は胡坐《あぐら》をかいた周平を見下ろした。周平も彼を見つめ返す。

「周平」

「うん」

「来週は仕事が込んでて残業せなあかん思うねん。水曜は無理そうやから、土曜の午後にしてくれ」

滑《なめ》らかな口調で言われて、周平はわずかに眉を上げた。なぜか言葉が出てこなくて、ただ穂積を見上げる。

黙ったままの周平に、穂積は瞬《まばた》きをした。

「ああ、すまん。土曜日は予定あるんか？　そしたらちょっと間《ま》ぁ空くけど、再来週の水曜で」

淡々と言った穂積を、周平はまじまじと見上げた。今までにも、仕事があるから他の曜日にしてくれと言われたことはある。だから穂積は、特別おかしいことは言っていない。

おかしいのは俺だ。何でちょっとショック、みたいになってんだ。

今週の日曜に来てくれと言われなかった。その上、いつも通りの来週の水曜ではなく、更に遠い土曜に延期された。そのことがショックだった。

先ほどのセックスの最中に感じた、もやもやとした感情が、また胸に湧く。

意味がわかんねぇ。

周平は穂積からふいと視線をはずした。

「別に予定は入ってない。じゃあ来週は土曜日に来るよ。昼すぎでいいか？」

ああ、と頷いた穂積は、ローテーブルに置いてあったミネラルウォーターのペットボトルに手を伸ばした。直接口をつけて水を飲む。

自分でも気付かないうちに、はずした視線を戻していた周平は、白い喉仏《のどぼとけ》がゆっくり上下するのを見た。下から彼の喉を見上げるのは、もしかしたら初めてかもしれない。女性らしいところは微塵《みじん》もないが、穂積には男性的な鋭い美しさがある。

ふー、と大きく息をついた穂積は、床に胡坐をかいている周平をじろりとにらんだ。

「今度はベッドでやるからな」

不機嫌を隠さず言った穂積に、周平は我に返った。

見惚れていたことに気付いて、それをごまかすようにぶっきらぼうに返す。

「俺はどこでもいいよ」

「おまえはな。けど俺はベッドがええの」

「まあ、ベッドの方が思い切り動けていいかもな」

「アホほど動いといて何言うてんねん」

「だから動いてって言ったの、穂積じゃん」

次の瞬間、勢いよく飛んできたクッションを受け止め、周平は笑った。いつも通りのくだらない会話に、なぜか安心する。

「ほんとのことだろ。怒んなよ」

立ち上がってクッションを穂積に投げ返し、穂積に歩み寄る。

何、という風に眉をひそめて見上げてきた穂積の唇に、周平は軽く唇を合わせた。いつもの通り、彼は抵抗せず、かといって歓迎もせず、周平のキスを受ける。

閉じていた瞼《まぶた》を開けると、思いがけず目が合った。

長い睫《まつげ》を従えた双眸は、しかしすぐにそらされる。セックスの余韻《よいん》も、もちろんキスの余韻も感じられなかった。いつも通りの無表情がそこにある。

「お疲れ、周平」

あっさり言われて、お疲れ、と返す。情事の最中の色っぽさからは想像できない、さっぱりとした様子を目の当《ま》たりにしたせいか、先ほどの戸惑いは消えていた。

そのことに安堵《あんど》している自分に、周平は気付いていた。

自分がなぜ、何に安堵したのかは、よくわからなかった。


日曜に予定を入れることはほとんどない。バイトのシフトの関係で、どうしても出なくてはいけないときは別として、友人との予定も入れない。一年のときはそれなりに出ていたサークルも出なくなった。智良《ともよし》の休日は、日祝日と隔週《かくしゅう》の土曜だ。想い人と一緒にいられる貴重な時間を、自《みずか》ら潰《つぶ》すばかはいないだろう。

とはいえ、穂積《ほづみ》と出会う前は、無理に用事を作ってでも出かけるようにしていた。あまり長い時間智良と一緒にいると、抱きたい欲求に負けてしまいそうな気がしたからだ。

「周平《しゅうへい》、先にこっち」

智良にジャケットの袖《そで》を引っ張られ、周平はカートの方向を変えた。

こっちこっち、と智良は更に腕を引く。童顔の彼はシャツにジーンズというラフな格好《かっこう》をしていると、周平とそれほど変わらない年に見える。

「こっちに何かあんの？」

「米や米。先に買わんとなくなってまうかもしれんやろ」

特売《とくばい》の米と卵を目当てに、大型のスーパーマーケットへ買い物に来たのだ。

日曜の店内は大勢の客で賑《にぎ》わっており、ロマンチックな雰囲気は欠片《かけら》もない。

それでも、二人で買い物をするシチュエーションだけで嬉しかった。店へ来るまでの道のりも楽しかった。智良が運転するワゴン型の軽自動車で約十五分の短いドライブだったが、好きな歌手の話題で盛り上がった。

智良を好きになる前、何人かの女性と遠出をして海へ行ったり、遊園地や水族館へ出かけたりもしたが、智良と行く近所のスーパー以上に楽しかった場所はひとつもない。大事なのは行く場所ではなく、誰と行くか、なのだ。

「あった！」

嬉しそうに声をあげた智良と共に、積み上げられた米の袋に歩み寄る。

早速《さっそく》彼が持ち上げようとするのを、周平は慌てて手で制した。

「智良さん、俺が持つよ」

「ええって。ひとつずつ持とう、一人ひとつしか買えへんし」

わかった、と頷いて袋をひとつ持ち上げる。智良も難《なん》なく袋を持ち上げた。二人そろってカートに袋を置く。

本当は智良の分も持ちたかったが、彼は男だ。しかも兄である。過剰《かじょう》にかまって不審に思われたくない。

「買えてよかったな」

笑顔を向けてきた智良を、うんと頷いて見下ろす。眼鏡の奥の柔和《にゅうわ》な双眸《そうぼう》が細くなっているのを見て、ふんわりとした幸せな気分になる。

こんなのでこんなに喜ぶなんて、ほんとかわいいよな。

穂積ならニコリともせず、次行くぞ、と言いそうだ。それ以前に、重い袋を自《みずか》ら持ったりしないだろう。自分は何もせず、周平に二つ取りに行かせるに違いない。

ま、穂積はそういうとこが逆に気楽でいいんだけど。

「次は卵買いにいこう」

米を積んだ重いカートを押そうとした智良から、さりげなくカートを取り戻す。これぐらいは押したい。

「せっかくたくさん卵買うんだから、今日は俺がオムレツでも作ろうか」

隣を歩く智良を見下ろして言うと、彼は嬉しそうに笑った。

「周平、オムレツ作れるんや。目玉焼きしか作らんから、目玉焼きしかできんのかと思《おも》てた」

「俺が普段目玉焼きしか作んないのは溶かなくていいからだよ。オムレツぐらい作ろうと思えば作れるって。オムレツって要するに卵とじだろ」

「うわ、乱暴な発想やなあ。焦《こ》げんように作るんけっこう大変なんやで。よし、うまいことできるか僕が傍《そば》で見てたろ」

「見てるんだったら手伝ってくれよ」

幸せだ、と思う。並んで歩いているだけでなく、恋人同士がかわしてもおかしくない会話をかわしていることが、純粋に嬉しいし楽しい。

水曜に思う存分穂積を抱いたおかげだろう、今、腕が触れ合うほど近くにいても、智良を抱きたい欲求は湧いてこない。滅茶苦茶《めちゃくちゃ》にしたいとも思わない。そのかわり、わずかな罪悪感があった。セックスの最中の穂積の声を、智良の声に置き換えている事実は、本人を前にするとやはり後ろめたい。

それでも、凶暴な欲を智良さんに向けるよりはましだ。

自分にそう言い聞かせていると、すれ違ったばかりの女性が立ち止まった。

「牟田《むた》さん？」

若い女の声に振り向いたのは智良だった。荒谷《あらや》姓になったのは彼の母だけで、智良は仕事の都合もあるため、牟田のままだ。

一瞬遅れて振り返った周平の視界に飛び込んできたのは、肩の辺りまで髪を伸ばした細身の女性だった。ショート丈のコートにジーンズというラフな服装だ。赤みがかった飴色《あめいろ》のフレームの眼鏡が、小さくまとまった面立《おもだ》ちによく似合っている。年は二十五、六といったところか。恐らく智良と同じぐらいの年齢だろう。

「草野《くさの》さんやんか。こんなとこで会《あ》うて奇遇《きぐう》やなあ」

にこやかに応じた智良に、彼女も嬉しそうにニッコリと笑った。

「ほんとびっくりしちゃった。牟田さんて、この近くに住んでるんだっけ」

「や、近いわけやないねん。車で来たから」

「私も車で来たんです。ここ安いよね」

そこまで言って、彼女は一瞬、周平に目を向けた。兄弟にしては似てないし、友達にしては若い。しかも何だか怖い感じだ、と思っているのが見てとれる。誰だろうと訝《いぶか》る視線はしかし、すぐ智良に戻った。でもこの人と一緒にいるんだから大丈夫よね。智良を見つめる双眸が、一《ひと》際《きわ》柔らかくなったのがわかる。

黙って彼女を観察していた周平は、眉間《みけん》に皺《しわ》が寄るのを感じた。

この女、智良さんが好きなんだ。

周平が女性を見ていることに気付いたらしく、智良が慌てたように紹介する。

「会社の同僚の草野さんや」

こんにちは、と周平は笑みを浮かべて頭を下げた。智良の手前、邪険《じゃけん》にすることはできない。どす黒い感情が胸に渦巻《うずま》いているのを感じていると、智良の手が肩に置かれた。予想していなかったその行動に、ドキ、と心臓が跳ねる。

「弟です」

どこか恥ずかしそうに紹介した智良に、女性は瞬《まばた》きをした。兄弟なのに全然似てない、とでも思ったのだろう。しかしすぐ、こんにちは、と愛想《あいそ》よく頭を下げる。

「兄弟で買い物かー。仲いいんだ」

肩に手を置いたままだった智良と顔を見合わせる。

自分が咄嗟《とっさ》にどんな表情を浮かべたのか、わからなかった。笑ったのか、顔をしかめたのか、泣き出しそうだったのか。あるいは無表情だったのか。

ただ、智良がさも嬉しそうに笑ったのはわかった。

それを見て、ああ、俺もちょっとは笑ったんだなと思う。

――笑えてよかった。

「草野さんは一人？」

智良が弾《はず》んだ口調で尋《たず》ねる。同時に、周平の肩から手が離れた。ジャケット越しだからそれほど体温は伝わらなかったはずなのに、肩がやけに冷たく感じられる。

知らず知らず肩に手をやっている間に、女性も明るく応じた。

「ううん、妹と一緒なんだ」

「草野さんのとこも仲ええんや」

「別に普通じゃないかな。女同士だから買い物とかはよく一緒に行くけど。男の兄弟で一緒に買い物行く方が珍しいんじゃない？」

「そうかな？　うちは時々来るから」

うち、という言葉を、やはり恥ずかしそうに智良が口にしたそのとき、マキちゃん、と呼ぶ声が聞こえた。目の前にいる女性を数年若返らせたような女の子が、通路から顔を出している。こちらは疑いようもなく姉妹だとわかる二人だ。

「あ、妹です」

姉に紹介され、女の子はペコリと頭を下げた。服装から見ると、高校生ぐらいだろうか。年の離れた姉妹らしい。

歩み寄ってきた彼女の目が、こんにちは、と返した智良ではなく自分に向けられるのを、周平は感じた。先日の合コンで女性が向けてきた視線と、同じ種類の視線がまとわりつく。鬱陶《うっとう》しい。今はそれどころじゃない。

「マキちゃん、誰？」

「会社の同僚と弟さん」

「弟？　全然似てないですね」

ちらと智良を見てはっきりと言った妹に、姉は慌てる。

「コラ、失礼でしょ。ごめんなさい」

いやいや、と笑って応じた智良の腕を、周平は軽く引いた。これ以上、この姉妹に二人ですごす時間を邪魔《じゃま》されたくない。

「智良さん、卵」

少々子供っぽかったかもしれないが、小さな声で囁く。

智良は特に不審がる様子もなく、ああ、と我に返ったように頷いた。

「引き止めてごめん。そしたらまた明日、会社で」

にこやかに言った智良は、行こか、と周平を促《うなが》して歩き出した。一応軽く会釈をしてからカートを押して続くと、背後で姉妹が楽しげに言葉をかわすのが聞こえてくる。

あのお兄さん、前に言ってた関西の人だよね。うん、そう。兄弟なのに全然似てないね、弟は凄《すご》くカッコよかったなあ。あんたそればっかりじゃないの。

次第に遠ざかる声にほっと息をつくと、横を歩く智良が小さく笑った。

「草野さんの妹さん、周平に見惚《みと》れてたな」

「そんなことないだろ」

「そんなことあるで。周平、男から見てもカッコエエもんな。僕も最初に見たとき、オトコマエでびっくりしたし。大学でももてるやろ」

智良に褒《ほ》められたというのに、少しも嬉しくなかった。今し方別れたばかりの草野という女性の顔が、脳裏《のうり》にちらついている。智良に向けられた特別な視線を思い出しただけで、胸がつまるようだ。

「さっきの人、同僚って言ってたけど一緒に仕事してんの？」

できる限りさりげなく尋ねると、智良は頷いた。

「同じ広報やねん。僕と同い年やけど優秀な人で、こっちに転勤してからいろいろ教えてもろたんや。こないだ周平と飯食う約束してた日に、急に仕事が入ったやんか。あんときも嫌な顔ひとつせんと手伝《てつど》うてくれてん」

智久は柔らかな口調で話す。そうなんだ、と答えた自分の声が他人の声のように聞こえた。

どうやら智良は、草野に特別な感情を持っていないらしい。彼女が自分を好きだということにも気付いていないようだ。

しかし好感を持っているのは間違いない。

あの女が押したら、その気になるかも。

同じ職場で働く、特別美人ではないが、仕事のできる明るい女性と付き合う。どこにも違和感のない、ごく普通の職場恋愛である。

でも俺はどう押したって、その気にはなってもらえない。

男で年下、しかも義弟《おとうと》なのだ。

両想いになれないことは、最初からわかっていた。それでも好きな気持ちを止められずに苦しんだ。絶対に自分の想いを知られてはならないと、とにかく隠すことに終始《しゅうし》して、智良に恋人ができる可能性を頭に入れていなかった。

結局、自分のことしか考えてなかった。

――俺はばかだ。

「周平？」

呼ばれて、周平はハッとした。いつのまにか黙り込んでしまっていたようだ。

智良が心配そうに覗《のぞ》き込《こ》んでくる。

「どないした。どっか痛い？」

「や、大丈夫。早く行かないと卵なくなるよ」

精一杯《せいいっぱい》努力して笑ってみせ、勢いよくカートを押す。

ほんの数分前まで感じていた幸せな気分は、完全に霧散《むさん》していた。


自室のドアを閉めると同時に、周平は大きなため息を落とした。ふらふらとベッドに歩み寄り、倒れ伏す。

智良に対する情欲を抑《おさ》えていたときにも疲労困憊《ひろうこんぱい》の状態で、こうしてよくベッドに倒れていた。熱い体を持て余し、そのまま声を殺して自慰《じい》をしたこともある。

が、今はただ本当に疲れていた。嫉妬《しっと》や自己嫌悪という言葉だけでは表現できない、苦い気持ちが全身に浸透《しんとう》している。

スーパーを出た後、ホームセンターにも寄った。帰宅してから、スーパーで話していた通りにオムレツを作った。安く売られていたきのこを入れたそれは、焦がすことなくうまく作れた。二人で向かい合った食卓で、智良は何度も旨いと言ってくれた。

風呂に入り、自室に戻るまでいつも通りに振る舞ったのは、これ以上独りよがりにならないためだ。

本当に好きで大事にしたいなら、心配をかけてはいけない。その一心だった。

再びため息をついて、周平は伏せていた体を仰向《あおむ》けにした。昼間、楽しげに話していた智良と草野の顔が脳裏に浮かんで、ズキリと胸が痛む。

あの女じゃなくても、いつかは恋人ができるんだよな……。

いずれ結婚もするだろう。智良が知らない女と仲睦《なかむつ》まじくする様子を、これから一生、弟として見ていかなくてはならないのだ。本当に、好きになってはいけない人を好きになってしまったのだと思い知る。

唐突に机の上の携帯電話が鳴って、周平はビクリと体を震わせた。大学の友人からメールが届いた音だ。智良とすごす時間を誰にも邪魔されたくなくて、部屋に置きっぱなしにしておいたから、今日は一日メールのチェックをしていない。

のろのろと体を起こし、携帯電話を手にとる。

電話の着信はなかったが、メールが五件届いていた。三件は大学の友人からで、一件はバイト先の友人からである。どれも緊急の用件ではなさそうだ。

残りの一件は、友人からではなかった。

送信者は築島《つきしま》穂積。件名はない。

届いたのは午後八時すぎだ。今から二時間ほど前である。

珍しい、何だろ。

たまにメールのやりとりをすることがあっても、大抵は周平から送る。穂積からは一度か二度しかメールがきたことはない。気になって、他のメールより先に穂積のメールを開く。

二度と来るな。

画面に出てきた文章は、ただそれだけだった。

簡潔《かんけつ》な文に、周平は眉を寄せる。

何だこれ。

穂積は優しいとはいえないし、無愛想《ぶあいそう》といっていいぐらい素《そ》っ気《け》ないが、こんな風に顔も合わさずにメールで別れを切り出すタイプではないと思う。そもそも、先週に会ったときにはそれらしい素振りは全くなかったのだ。土曜に会う約束もした。

どういうことだよ、穂積。

周平は携帯を操作して穂積の番号を呼び出した。迷うことなく通話のボタンを押す。

改めて耳にあてた携帯電話から、呼び出し音が聞こえてきた。

一回、二回、三回。

留守電になっているかもしれないと思ったそのとき、ふいに音が途切れる。

「穂積？」

呼んだものの、すぐには応《こた》えが返ってこなかった。なぜか荒い息遣いだけが聞こえる。

穂積、ともう一度呼ぶと、ふと笑った気配がした。

──穂積じゃない。

直感で悟《さと》ったそのとき、もしもし？　と携帯電話の向こうから声をかけられた。ひや、と背筋が冷たくなる。携帯をつかむ手に、無意識のうちに力がこもった。

これはエツオの声だ。

何でこいつが穂積の携帯に出るんだ。

『思たより、若いみたいやなあ。荒谷《あらや》君いくつ？』

ふざけたような物言いに、周平は顔をしかめた。穂積の携帯に出た名前を見たのだろうが、この男に名前を呼ばれるのは気分が悪い。

「人の携帯に勝手に出といて何言ってんだ。穂積出せ」

『元気、ええなあ』

エツオは笑った。言葉が切れ切れになるのは、彼の息が弾んでいるからだ。どうやら運動をしながら話しているらしい。それも、かなり激しい運動だ。

『穂積が、寂しいときに……、慰《なぐさ》めたってくれて、ありがとう。けど、もうええから』

「いいって何が」

『もう会うな、ちゅうてんねん……。今まで、人の男で、散々《さんざん》ええ思い……、したんやろが。穂積は、俺のもんや……。もうええやろ』

俺のもん、という言葉に、ドキリと心臓が跳ねた。

確かに穂積はエツオの恋人だ。

しかし、はいそうですか、わかりました、と引き下がる気には到底《とうてい》なれない。

「あんたに用はない。穂積出せって言ってんだろ」

苛立ちを隠さずに鋭《するど》い口調で言うと、エツオはまた笑った。穂積、と呼ぶ。おまえと話がしたいんやて。男の声が遠ざかり、別の息遣いが耳をくすぐった。

必死で声を出さないようにしているらしいが、堪《こら》えきれないようだ。時折小さく聞こえてくる甘い嬌声《きょうせい》は、周平がよく知っているものである。

「穂積」

思わず呼ぶ。それ以上は、何を言えばいいかわからない。

『声聞かしたれ、穂積』

男が掠《かす》れた声で促す。間を置かず、ああ、と色を帯《お》びた声が聞こえてきた。どうにか抑えようとしたようだが、できなかったらしい。それを皮切りに、穂積は艶《つや》っぽい声を立て続けにあげる。

間違いない。穂積とエツオは、セックスをしながら電話をしている。

『や、やめ、エツオ……』

『何や、恥ずかしいんか？　今までかて、聞かしたったんやろ』

男が言い終えると同時に、ベッドが激しく軋《きし》む音がした。

たちまち、穂積が甘い声で啼《な》く。

いつも聞いている声より苦しそうだ。快楽を感じてはいるのだろうが、苦痛も感じているのがわかる。

「穂積」

何を言っていいかわからなくて、周平はただ名前を呼んだ。

なぜ穂積の携帯電話にエツオが出たのか。エツオはどうやって、周平が穂積と寝ていることを知ったのか。二度と来るなとメールを送ったのは本当に穂積なのか。

わからないこと、知りたいことはあったが、それらについて考える余裕は全くなかった。頭の中が真っ白で、何も考えられない。

『しゅう、周平……』

呼ばれて、全身が強張った。

『切れ……、き、あっ』

色めいた声が耳に滑《すべ》り落《お》ちてくる。智良とよく似た声だ。

しかしなぜか、いつも穂積を抱いている最中にしているのと同じように、その声を智良の声に置き換えることはできなかった。

これは穂積の声だ。

体の表面は燃えるように熱いのに、芯《しん》は氷のように冷えていた。携帯の向こうから聞こえてくる情事の音を、ただ聞くしかできない。

エツオと穂積のセックスは、佳境《かきょう》に差しかかっていた。穂積の嬌声だけでなく、エツオが漏《も》らす声も聞こえてくる。よがりながらもどこか苦しげな穂積とは対照的に、エツオは快楽だけを感じているらしい。忙《せわ》しない呼吸の合間を縫って、穂積、穂積、と甘えるように何度も呼ぶ。もしかすると、周平に聞かせるためにわざと呼んでいるのかもしれない。

『やぁ、エツ、エツオ』

いく、という穂積の声にかぶせて、エツオのうめき声が聞こえてきた。二人の荒い息遣いが重なり合う。

『……好きや、穂積』

陶然《とうぜん》とつぶやいたエツオに、ん、と穂積が応じた。既に通話が切れていると思ったのか、セックスに没頭《ぼっとう》するあまり、周平に聞かれていることを忘れてしまったのか。あるいは聞かれてもいいと思ったのか。ひどく素直に、俺も、と答える。

『俺も、好き……』

穂積のうっとりした声が聞こえてきた瞬間、腕から力が抜けた。携帯電話が自然と耳からはずれる。

穂積の艶めかしい嬌声を聞いたというのに、なぜか情欲は湧《わ》いてこなかった。当然のことながら下肢《かし》に変化もない。それどころか、指一本動かすことができなかった。携帯電話を持つ手も固まってしまっている。息をするのがやっとだ。

ただ、頭の中だけは沸騰《ふっとう》しているかのように熱かった。

好き、と囁く穂積の声が耳の奥に残っている。脳内がひどく熱いのは、その声が発する熱のせいだ。

周平に抱かれているとき、穂積はもっといい声で啼く。快楽だけを感じているとわかる、色を帯びた声をあげる。声だけでいけると言ったのは、冗談ではなく本当だ。

けど、あんな甘い声は聞いたことない。

「周平」

名前を呼ばれて眉を寄せる。

なぜ穂積の声がするのだろう。セックスの後、眠ってしまったのだろうか。今まで穂積のベッドで眠ったことは一度もない。

早く帰んなきゃいけないのに、寝てる場合じゃねぇ。

そうは思うものの、なかなか瞼《まぶた》を持ち上げられない。

周平、とまた呼ばれたかと思うと、布団の上から肩を柔らかく叩かれた。

「そろそろ起きんと遅刻するで」

遠慮がちに体を揺すられ、周平は顔をしかめた。これ以上眠ってはいけないと思うのに、やはり意識は睡魔《すいま》に捕らわれたままだ。

「周平、周平て」

泊まってほしくないからだろう、穂積がしつこく呼ぶ。

けど何か、いつもより優しい感じだ。

少しぐらいのわがままなら聞いてもらえそうな雰囲気である。

「ん、穂積、もうちょっと……」

声がする方とは逆の方へ寝返りを打つと、一瞬、声がやんだ。間を置かず、小さく笑う気配がする。

「起こすんがホヅミちゃんと違《ちご》てごめんやけど、起きんと遅刻やで」

ゆったりとしたテンポで紡《つむ》がれた柔らかな関西弁に、周平はハッとして目を開けた。

慌てて振り返ると、そこにいたのは智良だった。わ、と思わず声をあげる。

「おはよう。何回かノックしたんやけど、起きてこんから入ってきてしもた」

ニッコリ笑って言った智良は、既にスーツに着替えていた。

その姿を見て、ようやくここが自分の部屋であることを思い出す。穂積のマンションに智良がいるわけがない。

「ごめん。今何時？」

周平は焦《あせ》って体を起こした。

月曜の朝は大抵、智良と同じ時間に起きる。智良には一限に必修の講義が入っているためだと言っているが、本当は出なくてもいい講義だ。それでも早起きをするのは、少しでも智良と一緒にいたいからである。必ず目覚まし時計をセットしていたので、今まで一度も寝過ごしたことはなく、もちろん智良に起こされたこともなかった。

ていうか、智良さんの声を穂積と間違えるって、どういうことなんだ。

軽いパニックに陥《おちい》っていると、智良は嬉しそうにニッコリ笑った。

「七時半や。周平が寝坊て初めてやなあ」

「ごめん……」

「謝らんでええ。やー、周平の寝顔初めて見たわ。普段はおとなびててカッコエエけど、寝てるとかわいい」

「かわいいって」

寝顔を見られたことへの羞恥《しゅうち》もあったが、それよりも智良を穂積と取り違えたショックと混乱が収まらず、口ごもってしまう。

すると智良はますます嬉しげに笑って、周平の肩を軽く叩いた。

「味噌汁《みそしる》と卵焼き作っといたから、ご飯と食べてってな。リビングの暖房も入れたままにしたあるから。そしたら僕先行くし、周平も気ぃ付けて行くんやで」

幼い弟を諭《さと》すように言ってドアに向かった彼を、周平は黙って見送るしかできなかった。

ドアが閉まると同時に、頭を抱える。

何がどうなってんだ。

低くうなってベッドについた手に、硬い感触が触れた。携帯電話だ。いつもはサイドボードに置いておくのに、今日に限ってベッドの上にあった。冷たい感触に指を舐《な》められ、ドキリと心臓が跳ねる。

――そうだ。昨夜《ゆうべ》、二度と来るなというメールが穂積からきていた。不審に思って電話をかけたらエツオが出て、二人の情事の様子を聞かされた。

智良とよく似た穂積の声が喘《あえ》ぐのを聞いたというのに、欲情しなかった。それどころか体も心も凍りついたように硬直してしまって、身動きができなかった。声を出すこともできず、ただじっとベッドに腰かけていたことは覚えている。

あのまま寝ちゃったのか……。

周平はため息を落とした。なぜあんな風に、思考が停止してしまったのだろう。

ショックを受けたのは間違いない。

しかし何がショックだったのかが、わからなかった。

穂積に恋人がいることはわかっていた。恋人なのだから、セックスをして当然だ。

そもそも穂積は周平に抱かれているときも、何度もエツオと恋人の名を呼ぶ。穂積にとって周平とのセックスは、あくまでエツオとのセックスの代用なのだ。

好き、という穂積の陶然《とうぜん》とした声が耳に甦《よみがえ》ってきて、周平は顔をしかめた。

そりゃ好きって言うに決まってる。穂積はエツオが好きなんだから。

「……だよもう」

つぶやいて、周平は指に触れていた携帯電話を手にとった。やけに冷たく感じられるそれを開く。新しいメールは届いていない。ボタンを操作《そうさ》し、改めて穂積からきたメールを開く。

二度と来るな。

昨夜も見た一文が、そのまま画面に出てくる。周平はまじまじとその文を見つめた。

穂積らしいといえば、穂積らしい文だ。誤解の余地《よち》がない、潔《いさぎよ》いほど簡潔な文。

これって、俺と別れたいってことだよな。

――本気なのだろうか。

しかし穂積の携帯電話から発信されたからといって、穂積本人が送ったとは限らない。現《げん》に昨夜、電話に出たのは穂積ではなくエツオだった。恋人と周平の関係に気付いたエツオが、勝手に送った可能性もある。

でも何でばれたんだ？

ばれただけならともかく、よりによって情事を実況中継させるなんて穂積らしくない。

何もかも、わからないことだらけだ。

無意識のうちにボタンを操作して穂積の番号を呼び出していた周平は、ハッと指を止めた。

またエツオが出るかもしれない。電話はだめだ。もちろんメールもだめだ。

今日の夜、会いに行こう。

メールのこともエツオのことも、直接会って尋ねるのだ。

仕事で忙しいと言っていたから、帰りは深夜になるのかもしれない。周平も今日はバイトだから、終わってから訪《たず》ねればいいだろう。疲れて話せないというなら、メールが本物かどうか聞くだけでもいい。

そう決めると、幾分《いくぶん》か落ち着いた。ひとつ頷いて携帯電話を折りたたみ、立ち上がる。

部屋を出ると同時に、食欲を刺激する良い匂いがした。

さっき、智良さんが朝飯の用意しといたって言ってたっけ。

洗面所へ向かう前にキッチンを覗く。

リビングの暖房が届いたそこには誰もいなかったが、殺風景《さっぷうけい》ではなかった。テーブルの上には、ラップがかかった卵焼きが載っている。ガス台に置かれた鍋からは味噌汁の香りがしていた。つい先ほどまで確かに人がいて、料理を作っていた気配がそこここに残っている。

ふ、と体から力が抜けた。

智良と一緒に暮らすまで、朝のキッチンがこんなに暖かな空気に包まれたことは一度もなかった。仕事で忙しい父は、しばしば朝食をとらずに出勤した。だから余計に、もともとあまり家事をしなかった母は朝食を用意してくれず、自分でトーストを焼いて食べることが多かった。食パンすらない日もあって、何も食べずに登校する日もあった。子供の頃は、そんな味気ない朝が当たり前だった。

智良さんと暮らせてよかった。

穏やかな気持ちで踵《きびす》を返し、洗面所へ向かう。

歯ブラシを手にとりつつ鏡を見て、周平は顔をしかめた。まばらに髭《ひげ》が生《は》えた己の顔に、安堵した穏やかな表情が浮かんでいたからだ。

……何だこれは。

好きな人を想う男の顔ではない。幸せな朝を迎えた子供の顔だ。

昨日、智良に好意を持っている女性と顔を合わせてショックを受けた。いずれ智良が女性と付き合うことを考え、弟としてその様子を見ていかなければいけない現実に打ちのめされ、たまらない苦しさと切なさを感じた。

あの気持ちはどこへ行った。

朝、起きてすぐに智良の顔を見たというのに昨日のことを思い出さなかった。それどころか、智良の声を穂積の声と聞き間違えてしまった。

俺は、智良さんが好きだ。

大事にしたいと思うと同時に、抱きたくてたまらなかった。情欲を抑《おさ》えきれず、夜も眠れないほど苦しんだ。

それなのに、この顔は何だ。

周平は鏡の中を覗き込み、小さな声で問いかけた。

「何考えてんだ」

鋭《するど》い面立《おもだ》ちの男は、何も答えてはくれなかった。

困惑を滲《にじ》ませた表情で、こちらを見つめてくるだけだった。


約束していない日に、穂積に会いに行くのは初めてだ。

既に通い慣れた道に自転車を走らせながら、周平は自分が緊張しているのを感じた。

とうに日は落ち、辺りは闇に包まれている。冬が近付いているせいだろう、朝から晴れていたにもかかわらず、気温が低かった。夜になって更に温度を下げた空気が、容赦《ようしゃ》なく頬を突き刺してきて痛いほどだ。ニットの手袋と帽子を身につけていなければ、寒くて耐えられなかったに違いない。

今日一日、穂積からはメールも電話もなかった。

周平もまた、彼に連絡はとらなかった。とれなかったのだ。

智良を好きなのは間違いないのに、ふと気が付けば穂積のことを考えてしまう。

自分の気持ちの在り様《あよう》がわからなくて、メールを送ろうにも、電話をかけようにも、言葉が見つからなかった。

それでも今、こうして穂積のマンションへ自転車を走らせているのは、彼のメールが気になって、頭から離れないせいだ。

とにかく、穂積と別れたくない。

それだけははっきりしている。

智良と似た声の穂積を抱けなくなったら、智良を抱きたい欲を、どこで解消すればいい？

一度発散することを覚えた情欲を抑えるのは、きっと難しいだろう。今度こそ、智良を想う気持ちを隠し続ける自信がない。穂積を失ったら、智良とは一緒に暮らせない。

智良さんと一緒にいるために、穂積と別れたくないんだ。

逸《はや》る気持ちにそう理由づけ、周平はペダルを漕《こ》いだ。角を曲がると、ビルの隙間に穂積が住むマンションのレンガ色の壁が見えてくる。それは既に見慣れた光景だ。

初めて来てから半年か……。

もっとずっと昔からこの道を通っている気がした。それほどに、穂積と共にすごす時間は、周平の日常にしっかり組み込まれている。

周平はマンションの駐輪場に自転車を停めた。素早く鍵をかけ、すぐに建物へ向かう。自転車を漕いできた体は熱かったが、吐き出した息が白くて、改めて気温の低さを感じる。

深夜にさしかかろうという時刻のせいか、辺りに人気《ひとけ》はなかった。物音ひとつない。静かだ。

智良には、友達の家に寄るから遅くなるとメールを送っておいたから、心配はしていないだろう。穂積へのメールは打てなかったのに、嘘を打った智良へのメールは簡単に送信できた。

いつも穂積んちに寄るときは、嘘のメール送ってるからだろうけど。

何となく腑《ふ》に落ちない気がしないでもないが、とにかく今は穂積に会うことが先決《せんけつ》だ。

マンションの表の道へ出ると、入口にタクシーが横付けされたところだった。スーツの上にハーフコートを羽織《はお》った、スラリとした体躯《たいく》の男が車を降りる。

穂積だ。ちょうど帰ってきたらしい。

気付かないうちに、周平は駆け出していた。タクシーがゆっくり発進するのと同時に、穂積、と呼ぶ。

マンションへ入りかけていた穂積は、驚いたように足を止めた。

振り向いた端整《たんせい》な面立ちに笑みはなかった。こちらに歩み寄ってくることもない。が、その場に立って待っていてくれる。

「おまえ、強盗みたいやな」

開口一番《かいこういちばん》、そんなことを言われて、周平は眉を寄せた。

「何だ、強盗って」

「ただでさえ見た目ちょっとコワモテやのに、帽子深《ふか》うかぶりすぎて怖いっちゅうの」

「寒かったんだよ」

答えて穂積を見下ろす。街灯の青白い光に照らされていることを除いても、心なしか顔色が悪い気がした。しっかり立ってはいるが、気だるげな雰囲気が漂《ただよ》っている。

仕事が忙しいせいかもしれないし、昨夜、エツオと寝たせいかもしれない。

それとも他に理由があるのか。

我知らず凝視《ぎょうし》してしまっていたらしく、穂積は顔をしかめた。

「何やねん。何か用か」

「ああ、いや」

およそ意味のない言葉を発した周平は、ここへ来た目的を思い出した。

あのメールを送ったのが穂積本人なのか聞かなければ。

ひとつ息を吐き、改めて穂積を見下ろす。

「昨夜くれたメール、あれ、穂積が送ったのか？」

単刀直入《たんとうちょくにゅう》に問うと、穂積はゆっくり瞬《まばた》きをした。しかし整った面立ちに、これといった表情は浮かばなかった。無表情のまま、ためらう様子もなくまっすぐ見上げてくる。

「俺が送った言うたら、どないする」

静かな問いかけに、今度は周平が瞬きをした。

見下ろした穂積の顔に、やはり表情はない。

「そういう聞き方するってことは、穂積が送ったんじゃないんだな？」

目をそらさずに尋ねると、穂積はわずかに眉を動かした。

「何勝手に聞き返してんねん。今は俺がおまえに聞いてんのや。俺が送ったらどないすんのや、答えろ」

「でも送ってないんだろ」

「せやから、もし送ったら」

「もしなんて知るかよ。仮定の話なんかしても意味ない」

大事なのは事実だ。穂積が送っていないのなら、それでいい。

そう思ってきっぱり言うと、穂積は目を丸くした。次の瞬間、笑い出す。

何がおかしかったのかはわからなかったが、周平はほっと息をついた。今、目の前で笑っている穂積に不穏な空気は感じられない。

よかった。俺と別れるつもりはないんだ。

安堵で頰が緩《ゆる》むと同時に、苛立《いらだ》ちとも怒りともつかない感情が湧いてきた。

穂積自身が送っていないにせよ、誤解させるようなメールが周平に届いたことはわかっていたはずだ。それなのに、一言の訂正もなかった。

まだ笑っている穂積をじろりとにらむ。

「送ってねぇんだったら、何でメールなり電話なりしてこねぇんだよ。俺が真に受けたらどうするつもりだったんだ」

自然と詰問《きつもん》する口調になったが、穂積は少しも動じなかった。ようやく笑いを収め、あっさり答える。

「真に受けたら受けたで、そんでええか思《おも》て」

「そんでええって……、俺と別れるつもりだったのか?」

眉を寄せた周平に、まあな、と穂積は軽く頷いた。

あまりにも簡潔な返事に呆気《あっけ》にとられ、周平は穂積をまじまじと見下ろした。

整った面立ちには、苦しそうな表情も辛《つら》そうな表情も、嫌悪《けんお》の表情も浮かんではいない。いつもの通り、不遜《ふそん》ともとれるクールな表情が映っている。青ざめた唇から吐き出される白い息にも、わずかの乱れもない。

穂積にとって俺は、そんな簡単に切り捨てられるものなのか。

「けどまあ、おまえは真に受けんかったわけやから、今まで通りっちゅうことで」

淡々とした物言いに、カッと頭に血が上る。

「そういう問題じゃねぇだろ。俺と別れるのって、そんな簡単なもんなのかよ」

周平が詰め寄っても、穂積は怯《ひる》まなかった。一歩も引かないどころか、相手にならない、という風に軽く首をすくめる。

「まあ、簡単やないわな。おまえ以外の男ではなかなか満足でけんし」

「だったら」

「周平」

呼ばれたかと思うと、宥《なだ》めるようにポンポンと肩を叩かれた。

「今まで通りて言うてんのや。そんな熱ぅなることないやろ」

駄々《だだ》をこねる子供を見るような視線を向けられ、周平は言葉につまった。

確かに熱くなることはない。周平が誤解を解くためにやって来るまで穂積が別れるつもりでいたとしても、今はもう別れる気はないのだ。これからも今まで通り穂積を抱ける。

事実はそれだけだ。大事なのは事実なのだから、何も問題はない。

しかし釈然《しゃくぜん》としなかった。

――いや、そんな言葉では足りない。

何と表現していいかわからない、もやもやとした感情が胸に渦巻《うずま》いて、周平はうつむいた。以前、セックスの最中に湧いた、わけのわからない感情と同じだ。その思いの外激しい気持ちのやり場がなくて、拳《こぶし》を強く握りしめる。

黙ったままの周平をどう思ったのか、穂積は小さくため息を落とした。

「昨夜は悪かった。エツオの奴、次の土曜日は予定入ってるから会えんて言うたらヘソ曲げてしまいよって。勝手におまえにメール送った挙げ句に、やってる最中に俺の携帯に出やがったんや」

珍しく決まり悪そうな口調に、周平は眉を寄せた。

土曜日に入ってる予定って、仕事とかじゃなくて、俺と会う予定、だよな？

今まで、穂積がエツオより、周平との約束を優先させたことはなかった気がする。

「予定、あるって言ったのか」

思わず顔を上げて尋ねると、穂積は瞬きをした。

「予定って」

「だから。土曜の予定って俺と会う予定だろ。俺と会うために、エツオの誘いを断ったのかって聞いてんの」

ああ、と穂積は頷いた。もう一度瞬きをした後、ふいと視線をそらす。

「まあ、たまにはええやろ。いっつもあいつの都合で振りまわされてんのや、たまには振りまわしても」

素《そ》っ気《け》ない物言いだった。

——そうか。俺は好きな男の気を惹《ひ》くための道具にされたわけだ。

セックスフレンドなのだから、セックスさえできれば、道具にされようが何にされようが関係ない。

そうは思うのに、さっき湧いたもやもやとした感情とよく似た、熱いような冷たいような、不思議な感覚が胸を蝕《むしば》んだ。なぜか穂積を見ていられず、目をそらす。

俺も、好き。

恍惚《こうこつ》とした穂積の声が、唐突に耳に甦《よみがえ》った。

くり返し響くその声を消すために、幾分《いくぶん》か強い口調で問う。

「エツオにばれたのに、俺と続けて大丈夫なのか？」

ふん、と穂積は鼻で笑った。

「大丈夫やろ。あいつに俺のことどうこう言う権利はないわ。何やかや言うても女に呼ばれたら女のとこ行きよるやろし、そうなったら俺は放ったらかしや。そんでも別れんといてくれて泣きつかれたら放っとかれへんねん。ばれても結局、今までと何も変わらん」

どこか投げやりな物言いだった。エツオのことを話すとき、言葉は乱暴でも、愛しげな響きがあったが、今の彼の口調にそれは感じられない。

周平はそっと穂積に視線を戻した。

穂積は周平を見ていなかった。繊細《せんさい》でありながら男っぽいラインを描く横顔は、明るいマンションの方ではなく薄暗い道路を向いている。後ろから明かりを受けているせいで濃い影ができており、表情はよく見えない。

しかし彼が明るい顔をしていないことは一目でわかった。目の前にいる男が、今にも暗闇に引きずり込まれてしまうような錯覚《さっかく》に陥って、ズキ、と胸が強く痛む。

無意識のうちに腕が伸びた。コートに包まれた肩を、両手でつかむ。

穂積が驚いてこちらに向き直ったのがわかった。

「周平？」

気が付いたときには、穂積を抱きしめていた。深夜で人通りがないとはいえ、ここがマンションの前の公道であることは頭から飛んでいた。

セックス以外で彼を抱きしめるのは初めてだ。

いや、セックスのときでさえ、こうして正面から抱きしめたことは一度もない。

穂積は抗《あらが》わなかった。周平の背に腕をまわしはしないものの、おとなしく腕の中に収まってくれる。

大丈夫だ。穂積はここにいる。

穂積が存在していることを確かめるように、周平は彼を深く抱きしめ直した。

されるままの体に、また胸が疼《うず》く。秋夜の冷たい空気にさらされた穂積の体からは、寂しい匂いがした。

「何や」

穂積が短く問う。

「何って」

「何の真似やて聞いてんねん」

感情のこもらない声で尋ねられ、周平は言葉につまった。欲情しているわけでもないのに、なぜ穂積を抱きしめたのか、自分でもわからなかったからだ。胸が痛んだ理由もわからない。

しかし細身の体を離す気にはなれなかった。

だから抱きしめたまま、さあ、と返事をする。

「さあって何や」

「わかんねぇ」

正直に答えると、今度は穂積が言葉につまった。数秒の沈黙の後、わからんて、とため息まじりにつぶやく声が聞こえてくる。

「今日はやらんぞ。さすがにしんどい」

「わかってるよ」

「わかってんのやったらこれは何やねん」

「だからわかんねぇって」

抱きしめた腕の力を緩めることなく答えると、穂積は笑った。

「おかしなやっちゃな。わからんようなことやってんと早《は》よ帰れ。トモヨシさん心配してるんとちゃうか」

きつめに背中を叩かれて、周平は眉を寄せた。自然と抱きしめる腕から力が抜ける。

パニックとまではいかなかったが、混乱していた。

好きなのは智良だ。

しかし今、抱きしめているのは穂積だ。離したくないのも穂積だ。

「周平」

叱るように呼んで、穂積は周平の肩を押した。腕から力が抜けていたため、体はあっさり離れる。

二人の間に、たちまち冷たい空気が流れ込んだ。触れ合っていた上半身が特に寒くて、肩が震える。穂積を抱きしめるまでにも寒さを感じていたが、更に気温が下がったような気がした。

穂積を見下ろすと、彼もこちらを見上げてくる。すっきりとした切れ長の双眸が、わずかに細められた。

「早よ帰れ」

短く言ったかと思うと、穂積は踵を返した。

早足でマンションへ向かう彼を、穂積、と慌てて呼ぶ。

「土曜日、来ていいか？」

穂積は振り向かなかった。足も止めない。

が、ああ、という答えが背中越しに返ってきたのを、周平は確かに聞いた。

その場に立ったまま、エントランスに入っていく穂積を見送る。ちらとも振り返らない背中は、彼らしい強さと潔《いさぎよ》さを感じさせた。

——これで、よかったんだよな。

穂積は周平と別れないと言った。今まで通り、彼を抱けるのだ。

穂積を抱いている限り、智良に凶暴な欲を向けなくて済む。

眼鏡をかけた智良の、柔和な笑顔が脳裏に浮かんだ。周平、と呼ぶ柔らかな声が聞こえてくるかのようだ。

あんまり遅くなると智良さんが心配する。

穂積が言った通り、早く帰らないと。

ぼんやりとそんなことを思う。

しかし穂積が入っていったマンションの前から、足はなかなか動かなかった。

周平はその場に立ち尽くしたまま、抱きしめた細身の体の感触が腕に残っているのを感じていた。

大学の構内は、どこか華やいだ雰囲気に満ちていた。十一月の半《なか》ばとはいえ、一歩街へ出れば、あちこちにクリスマスの飾りつけが見られる。そろそろ来月の二十四日の予定を立て始める者もいるからだろう、行きかう学生たちは皆、心なしか浮かれているように見えた。

しかし講義が行われる教室へ向かう周平《しゅうへい》の足取りは、浮かれているというよりも、どこか心許《こころもと》なかった。

今日は金曜日。当然のことながら、明日は土曜日だ。穂積《ほづみ》との約束の日である。

一週間以上お預けだったセックスができるというのに、今までのように単純に喜べない。

穂積を抱きたい。その気持ちに嘘はない。

しかし智良《ともよし》のかわりに抱きたいのかといえば、よくわからないのだ。

穂積を抱くようになってからも、智良に対して全く欲情しなかったわけではない。風呂あがりの上気《じょうき》した項《うなじ》や、半袖から伸びる腕のしなやかなラインに、触りたい、口づけたいと何度も思った。それなのにこの一週間は、智良の顔を見ても、欠片《かけら》も情欲は湧《わ》いてこなかった。

智良さんの仕事が忙しくて、長い時間一緒にいなかったせいもあるかもしれないけど。

智良のことは確かに好きだ。おかえり、と笑顔で迎えてもらえると嬉しい。あたたかい眼差しと柔らかな口調を大事にしたい。

しかしなぜか、以前のように欲情はしない。

正直、自分の気持ちと体が、どこを向き、何を望んでいるのか、周平にはよくわからなかった。

ため息を落としつつ教室に入ると、学生の姿はまばらだった。必修ではない講義のせいか、皆気の抜けた顔をしている。

中ほどの端の席に腰かけた周平は、下ろしたバッグの中から携帯電話を取り出した。メールのチェックをするが、すぐに読む必要のないものばかりだ。ほとんど無意識のうちに親指がボタンを押す。

ふと気が付くと、画面に穂積の携帯の番号が出ていた。

――またか。

周平は顔をしかめて番号を消した。

今日まで何度も、こういうことがあった。携帯をチェックするとき、無意識のうちに穂積の番号を呼び出してしまうのだ。

月曜の夜に会いに行ってから、穂積からは一度も連絡はなかった。また、こちらからも連絡しなかった。何もかもいつも通りである。行っていいかと尋《たず》ねた周平に、ああ、と穂積は頷いてくれた。次に会う約束はできたのだから、わざわざ連絡する必要はない。

だいたい、やり友と何を話すっていうんだ。

乱暴に携帯を折りたたんでいると、周平、と横から声をかけられた。憂鬱《ゆううつ》な表情を浮かべた井口《いぐち》が、隣に腰かけてくる。

「おまえが必修じゃない講義に出るって珍しいな」

厭味《いやみ》でも何でもなく本当のことを言うと、井口はバッグを下ろしつつ苦笑した。

「まあな。どうせ今日バイトだし、帰んのもめんどくさくて」

ため息を落とした井口を横目で見遣《みや》る。この男は図々《ずうずう》しいところもあるが、基本的に明るくて単純な性格だ。沈んだ様子でいるのは珍しい。

「どうした。何か嫌なことでもあったのか」

そんな風に問うと、井口はまたため息をついた。

「昨日さ、やっとこの間の合コンのコとやれたんだけど」

「へえ、よかったじゃん」

井口は先々週、周平も参加した合コンで知り合った女性と交際を続けていたのだ。携帯の番号とアドレスは簡単に聞き出せたものの、なかなかセックスに持ち込めないとぼやいていた。

合コンには、周平を誘ってきた女性のようにセックス目当ての者もいるが、もちろん純粋に恋人を探しにきている者もいる。知り合ってまだ二週間も経《た》ってないんだろ、好きなんだったらそれぐらい我慢しろよ、と友人たちにあきれられていた。

「やれたのに何でそんな顔してんだ」

際《きわ》どい内容だったが、周囲に学生がいないことを幸いに、声を抑《おさ》えて問い返す。

するとと井口も小声で答えた。

「それがさー。何かやったらどうでもよくなっちゃって」

「どうでもいいって」

「興味がなくなった。つか鬱陶《うっとう》しい」

いかにも面倒《めんどう》くさそうな物言いに、周平は眉を寄せた。

「好きなんじゃなかったのか？」

うーん、と井口はうなる。

「自分でも好きだって思ってたんだけどなあ。色っぽいし胸もでかいし、しゃべり方もかわいくて好みだったし、すげぇやりたかったし」

「単にやりたかったのを、好きだって勘違いしてたってことか？」

「そうかも。出したらもう一緒のベッドで寝んのも嫌になっちゃったから」

井口はあっさりと言った。相手の女性が聞いたら怒髪天《どはつてん》をつく言い草だ。

周平もあきれた。最初から体だけが目当てだったならともかく、散々《さんざん》好き好き言っておいて、やるだけやったら嫌になったなんてあんまりだ。

「おまえ、いくら何でもそれはないいんじゃねぇの？　彼女、よくなかったのかよ」

「悪くはなかったけど、次もまたやりたいほどじゃなかった」

正直に答えた井口に、あそ、と短い相づちを打つ。

溜《た》まった性欲を解消するために複数の女性と遊んでいたとき、井口と同じ感想を抱いたことがあった。ただ欲を満たしたいだけだったから、相手の機嫌をとるのも、優しくするのも面倒だったのだ。

しかしそれは、最初から彼女らのことを好きでも何でもなかったからである。

「けど向こうはもう、完全にカノジョになったつもりなんだよなー。どうすっかなあ。すげぇめんどくせぇんだけど」

井口のぼやきに、周平は素《そ》っ気《け》なく応じた。

「カノジョになったと思って当然だろ。好きだって何回も言ったんだろうが」

「そうだけどさー。好きだからやりたいのか、やりたいから好きなのかって、やってみなきゃわかんねぇもんだよな」

井口はしみじみと言う。

好きだからやりたい。智良に抱いていた欲はまさにそれだ。

では、穂積に対する想いは何だろう。

穂積のことは嫌いではない。どんなに智良と声が似ていて、その体が極上の快楽を与えてくれるとしても、嫌いな男と半年近くも関係を続けたりしない。

俺は穂積が好きだ。

けど、それは智良さんに対する好きとは違う。

どう違う？

「好きでやりたくて、体の相性がいいコがいれば最高なんだけどなー。周平、おまえはそういう女できたんだろ」

ふいに話をふられ、周平はハッとした。

井口の方を見ると、彼は机に突っ伏していた。こちらが物思いにふけっていたことには気付いていないようだ。思わずほっと息をつく。

「何で女ができたって思うんだ」

ゆっくりとした口調で尋ねると、だってさー、と井口は伏せたまま返事をした。

「おまえ、半年ぐらい前から全然遊んでねぇじゃん。この間の合コンでも、女がやる気になってんのに無視して帰るし。それって他の女とやる気も起きねぇぐらい満足してるってことだろ。いいよなあ」

井口がそこまで言ったとき、チャイムが鳴った。講師が入ってきて、もともとそれほど賑《にぎ》やかではなかった教室が、更に静かになる。井口は講義を聴かずに寝ることにしたらしい。バッグを枕に、睡眠の態勢に入る。

周平はといえば、ぼんやりと前方を向いた。

好きでやりたくて、体の相性がいいコ、か。

智良の柔和な笑顔が脳裏《のうり》に浮かんだ。そこへ間を置かず、穂積の端整《たんせい》な面立《おもだ》ちが重なる。不遜《ふそん》な笑みを浮かべた強気な表情、キスをした後の無感動な表情、背後からつながる前に見ることができる、理性を残しつつも快楽に蕩《とろ》けた表情。そして、暗闇に溶けていきそうな沈んだ表情。

意識して思い出そうとするまでもなく、穂積の様々な表情が入れかわり立ちかわり現れる。

周平は眉を寄せた。

何で智良さんの顔より、穂積の顔の方がいっぱい浮かぶんだよ……。

とにかく明日、穂積と会おう。

会えば、少しは自分の気持ちがわかるかもしれない。

翌日の土曜日は曇天《どんてん》だった。朝から今にも泣き出しそうな灰色の空が広がり、昼になっても気温は上がらなかった。周平は月曜と同じように、黒のニットの帽子をかぶって出かけた。

智良は仕事で、朝早くから出勤していった。帰りも遅いらしい。おかげで、友達と遊ぶ等の嘘をつく必要はなかった。

朝、周平は智良を見送るため、目が覚めたふりをして早くに起き出した。寝癖ついてるで、と笑った智良に軽く頭を撫《な》でられたときには、ひどく照れくさくて、でも嬉しくて、柄にもなく赤くなってしまった。

俺はやっぱり智良さんが好きだ。

しかし触られても、かつて抑えきれないほど湧いてきた凶暴な欲は感じなかった。

ただ愛《いと》おしい。大事にしたい。

では、穂積は？

——やはりわからない。

既に見慣れたこげ茶色のドアの脇《わき》のチャイムを、周平はゆっくりと押した。返事を待ちながら、初めてこの部屋を訪《おとず》れたときのことを思い出す。

ホテルで何度か逢瀬《おうせ》を重ねた後、マンションに招かれた。体の相性が良い上に、怪しい素《す》性《じょう》の者ではないとはっきりした時点で、うちに来いと言われたのだ。後で聞いた話だが、会うのが平日だったため、いちいち外へ出るのが面倒だったらしい。初めて中に入ったときは、さすがの周平も緊張した。

あのときと同じぐらい緊張してるかも。

インターホンから返答があるかと思ったが、ドアの向こうで人の気配がした。エントランスのオートロックで既にやりとりをしていたから、訪《たず》ねてきたのが周平だとわかっていたせいだろう、ためらう様子もなく鍵を開ける音がする。

ドアが開き、穂積の顔が見えた。目が合う。

「きゃー、強盗ー、襲われるー」

不穏な言葉の内容とは裏腹の平坦な口調でそんなことを言われて、周平は眉を寄せた。

穂積をどう思うかという以前に、ムッとしてしまう。

「襲うけど強盗って言うな」

「襲うんや」

「襲われたいんだろ」

すかさず言い返すと、穂積はにやりと笑った。そして周平がかぶっていたニット帽の前をぐいと引っ張る。たちまち前が見えなくなった。

何すんだよ、と抗議の声をあげるが、穂積は全く悪びれない。帽子を脱いだ周平の目に飛び込んできたのは、いつもの強気な表情だった。

「おまえ、帽子かぶってるとマジで怖いっちゅうの。せめてもっと明るい色かぶれ。ピンクとかオレンジとか虹色とか」

「そんな色、俺に似合うわけねぇだろ」

「似合わんからおもろいんやんけ」

しれっと言って、穂積は体を引いた。入れ、という合図だ。

「全然おもしろくねぇ」

ぶっきらぼうに答えて帽子をジャケットのポケットに突っ込み、周平は中へ足を踏み入れた。

トレーナーにジャージというリラックスした格好の穂積は、迷うことなく寝室へ向かう。裸足にスリッパをひっかけているところを見ると、既にシャワーは浴びたらしい。土曜日の今日、穂積の仕事は休みだ。時間があったので先にシャワーを使ったのだろう。

周平は先を行く穂積を見つめた。ラフな格好をしていても、ひきしまった体つきだと一目でわかる、すっきりとした後ろ姿だ。足取りもしっかりしている。

その背中からは、別の男と寝ていることを恋人に知られた後ろめたさも、そのことを知って尚、恋人が女とも自分とも別れようとしないやるせなさも、そんな状態でも恋人と別れられない自分に対する苛立《いらだ》ちも、周平には伝わってこない。

何も感じてないんだろうか。

確かに穂積は強い。

しかし先週の月曜に会いに行ったとき、わずかではあるが投げやりになっていた。

今だって、何も感じていないはずがない。周平との情事の最中、我を忘れてエツオと呼ぶぐらい、穂積は恋人を愛しているのだ。

そう思うと、なぜか胸の奥がじわりと熱をもった。

痛いような苦しいような、不思議な熱を感じながら、穂積の後ろ姿を見つめる。

今朝、智良を送り出したときにも後ろ姿を見送った。穂積より背が低い後ろ姿を見ても、こんな熱は感じなかった。

我知らず前を行く穂積の肩に手を伸ばしかけたそのとき、周平、と呼ばれた。

ベッドはもう目の前だ。肩に触れないまま、自然に手が下りる。

「俺はもうシャワー使《つこ》たから。おまえも浴びたかったら行ってこい」

「俺もうちで風呂入ってきた」

バッグを下ろしつつ答えると、あそ、と頷いて、穂積はベッドに勢いよく腰を下ろした。ためらう様子もなく、こちらを見上げてくる。

「ほなやろか」

誘いかける色っぽい眼差しを、周平は無言で見下ろした。

いつもなら上着をすぐに脱ぎ捨て、穂積を押し倒しているところだ。事後はともかく、セックスをする前はろくに話もしないで、その体を貪《むさぼ》るのが常だった。

今ももちろん抱きたい。何しろ一週間以上、穂積を抱いていないのだ。

「周平」

やはり誘うように、吐息まじりに呼ばれ、周平は穂積の頬に手を添えた。指先でそっと鋭《するど》い顎《あご》のラインをたどる。そうしようと意識したわけではなく、おのずと手が動いた。もともと髭《ひげ》の薄い彼の肌は、陶器《とうき》のように滑《なめ》らかだ。

穂積は身動きひとつしない。それをいいことに、周平はおもむろに背を屈《かが》めた。薄く開かれていた穂積の唇に、唇を重ねる。

びく、と穂積の肩が跳ねたのがわかった。しかし抵抗はない。

いつもはすぐ離す唇で、周平は彼の唇を食《は》むように撫《な》でた。わずかにかさついた感触に、たまらない気持ちになる。

今までろくに触れたことのないこの場所を、もっと深く味わいたい。

その思いのままに、歯列《しれつ》を割って舌を差し入れる。

「ん……」

小さく声を漏らした穂積にかまわず、周平は口づけを深くした。

逃げはしないものの、応《こた》えようともしない舌を撫でる。敏感な口蓋《こうがい》をたどり、くすぐる。初めて味わうそこは、どこもかしこもひどく淫靡《いんび》な感触で、気が付けば、夢中で穂積の口腔《こうこう》を愛撫していた。

頰に添《そ》えていた右手を項《うなじ》へまわし、左手でその肩をつかみ寄せる。ベッドに片膝《かたひざ》をつき、口づける角度を変えて息を継《つ》ぐと、唇の隙間から淫らな水音が微《かす》かに漏《も》れ出《で》た。それでもまだ足りなくて、尚も唇を貪る。

自然と体に力が入り、周平は口づけながら穂積を押し倒した。ベッドのスプリングに受け止められた穂積の背が、小さく跳ねる。

それでも穂積は抗《あらが》わない。

さすがに息が苦しくなってきて唇を離すと、ちゅ、と微かな音が鳴った。その音に重ねるように、は、と穂積が甘い息を吐く。

見上げてきた漆黒《しっこく》の双眸は、熱っぽく潤《うる》んでいた。今し方のキスに感じていた証拠だ。ぞく、と背筋が震えた。体をつなげたときにも感じたことのない、ひどく甘い刺激だ。

その刺激に促され、再び口づけるために顔を近付けると、穂積が眉を寄せた。

「……何や」

「何って」

「何でキスすんねん」

「しちゃだめか?」

声は甘いのに、口調は素《そ》っ気《け》ない。

「あかんことないけど、ちゃんとやれ」

「やってるじゃん」

「やってへんやろ。キスなんかまだるっこしいねん、さっさと触れ」

不機嫌に命令されて、今度は周平が眉を寄せた。

「キス、気持ちよくなかったのか?」

「悪ぅはなかったけど、もうええやろ」

「もういいって何だよ。悪くなかったんなら、やってもいいだろ」

改めて近付けた口許《くちもと》を、ピシャ、と掌《てのひら》で塞《ふさ》がれた。

数センチの距離にある切れ長の双眸《そうぼう》が、まっすぐにらみつけてくる。熱で潤んでいたはずの目には、いつのまにか苛立ちが映っていた。

「やめえっちゅうねん。何やねんおまえは。いっつもキスなんかせんくせに」

「したくなったんだよ」

口許を塞がれたままだったので、不明瞭な発音になってしまったが、ちゃんと通じたようだ。穂積はぶっきらぼうに尋ねてくる。

「何で」

「何でって……」

理由を問われるとは思っていなかったので、周平は言葉につまった。

キスをしたくなるのに理由などない。したいからしたいのだ。

けど今までは、したくならなかった。

周平はゆっくり穂積の掌をはずした。まじまじと端整な顔を見下ろす。穂積もこちらを見上げてきたので、間近で見つめ合うことになった。

目の前にいる男を、確かに抱きたい。

けれど、抱きたいだけではない。

「……穂積」

「何」

不機嫌に問い返してきた穂積に、正直な気持ちを告げる。

「何かわかんねぇけど、キスしたいんだ。抱きしめたい」

はあ？　と穂積は苛立ちを滲《にじ》ませた声をあげた。

「何やそれ」

「だからわかんねぇんだって」

くり返したそのとき、ピンポーン、とチャイムの音がした。

ギクリと互いの体が強張《こわば》る。

「誰だよ」

「知らん」

穂積が怪訝《けげん》そうに応じると同時に、ピンポーン、とまたチャイムが鳴った。穂積と一緒にいるときに、誰かが訪ねてきたのは初めてだ。

返答がなければあきらめるかと思って、周平は沈黙を守った。穂積も黙ってじっとしている。

が、チャイムはしつこく鳴り続ける。

「穂積の知り合いじゃねぇの？」

「休みの日に連絡もなしに来る知り合いて、そんな奴」

おらん、という彼の言葉にかぶせて、玄関のドアの鍵が開く微かな音がした。

改めて顔を見合わせた後、二人一緒に飛び起きる。

「鍵閉めてなかったっけ？」

「オートロックやから勝手に閉まる」

「だよな。じゃあ何で」

ベッドから降りて立ち上がると同時に、玄関のドアが開く音がした。間を置かずに聞こえてきた、待ってぇや、という男の声に、周平は驚いた。

エツオの声だ。ドアは恐らく、彼が持っていた合鍵で開けたのだろう。

しかし足音は二つである。エツオの他に、もう一人いる。

「話なんかせんでも別れるて言うてるやんか。なあ、もう帰ろ」

機嫌をとるような甘い声を出す一方で、ひどく焦《あせ》った口調で話しかけているのはエツオだ。

が、返事はない。二つの乱れた足音は、寝室の前を通り抜けてリビングへ向かう。

思わず穂積を振り返ると、ベッドに腰かけた彼は硬い表情をしていた。

しかし怯《ひる》んだ様子はなかった。背筋をまっすぐに伸ばし、じっとドアを見ている。いや、にらみつけている。

「ほら、誰もおらんやろ。チャイム押しても返事なかったんやから留守やて。な、リナ、もう帰ろ」

「放して！」

あからさまにほっとした様子のエツオに怒鳴り返したのは、女の高い声だった。

まさか、二股《ふたまた》の相手をわざわざ連れてきたのか？

なぜ。何のために。

リビングとキッチンをまわった二つの足音は、再び寝室の方へ戻ってきた。リナ、リナ、と
エツオが宥《なだ》めるように何度も呼ぶ声が近付いてくる。

刹那《せつな》、寝室のドアが勢いよく開いた。

立っていたのは、緩《ゆる》く巻いた栗色髪を胸の辺りまでたらした、小柄な女性だった。派手な柄
のワンピースそのものはありふれた格好だが、その表情は特異《とくい》だった。顔の造作がわからない
ほど憎しみで歪《ゆが》んでいる。

あまりの迫力に声も出せずにいると、女は脇目もふらず、つかつかと穂積に歩み寄った。

ベッドに腰かけた穂積は逃げることなく、彼女を見上げる。

「エツオと別れなさいよ、このヘンタイ！　ストーカー！」

鼓膜《こまく》が破れるのではないかと思うほどの金切《かなき》り声《ごえ》に、周平は顔をしかめた。

一方の穂積は、ぴくりとも表情を動かさない。怒鳴り散らす彼女を、ただ見つめている。

「男のくせに人の男誘惑して、しつこく付きまとって！　エツオが迷惑してんのがわかんない
の！　黙ってないで何とか言いなさいよ！」

「おい、あんた」

考えるより先に、勝手に口が開いていた。もともと低い声が、更に低くなっているのがわかる。

「何とぼけたこと言ってんだ。悪いのは穂積じゃない」

「黙ってぇ、周平」

腹の底から急激にせりあがってきた怒りのままに紡《つむ》いだ言葉は、穂積によって遮《さえぎ》られた。

「穂積」

「おまえは帰れ。関係ないやろ」

刃《やいば》を思わせる鋭い視線を向けられ、周平は言葉につまった。

確かに、俺には関係ない。

穂積とエツオ、そして女。三人の問題だ。

しかし到底《とうてい》帰る気にはなれなかった。穂積を放っては帰れない。

「帰らない」

きっぱり言い切ると、穂積はきつく眉を寄せた。彼が口を開きかけたそのとき、女が再び喚《わめ》きだす。

「こいつもたらし込んだんだ、ヘンタイ! 不潔《ふけつ》! 最低!」

聞くに堪《た》えない罵声《ばせい》を無表情で流した穂積は、女にかまわず周平をにらみつけた。帰れ、と目で命令してくる。

嫌だ、と答えるかわりに、周平は首を横に振った。

小さく舌打ちしたものの、穂積はあきらめたように目をそらした。一度瞼を閉じた後、ゆっくり顔を上げる。

穂積が視線を向けたのは、周平でもなければ、目の前に立《た》ち塞《ふさ》がる女でもなかった。ドアの外をまっすぐに見つめる。周平もつられて彼の視線を追った。

そこにいたのは、エツオだった。

まるで自分には関係のないことです、とでも言うように、先ほどから一言も発していない彼は、半分笑ったような、半分は泣いているような、奇妙な表情を浮かべていた。穂積を見返すでもなく、かといって女を見るでもなく、周平に目を向けるわけでもない。二重《ふたえ》の双眸は、落ち着きなく泳ぎ続けている。

「エツオ」

穂積が静かに呼んだ。

それでもエツオは穂積を見ない。かわりに、へらりと笑みを浮かべる。

「や、あの、急にごめんな」

「何でエツオが謝んのよ!」

女に怒鳴られ、エツオは首をすくめた。おどおどと女を見返したものの、決して部屋へ入ってこようとしない彼に、女の方が駆け寄る。

「しつこく付きまとわれて迷惑してるって言ってたじゃない。別れたいって言ってるのに、全然聞いてくれないって言ってたでしょ。今は私がついてるんだから大丈夫。はっきり言ってやりなさいよ、凄《すご》く迷惑してるって！」

早口でまくしたてた女に、まあまあとエツオは曖昧《あいまい》な返事をする。その顔はやはり半分だけは笑っていて、周平は吐き気がするほどの嫌悪を覚えた。

しつこく付きまとわれてるだと？　別れたいのに別れてくれないだと？

全部嘘じゃねぇか！

しかも女性をここへ案内してきたのは、間違いなくエツオだ。合鍵を持つ彼でなければ、鍵がかかった部屋へは入れない。それに合鍵を持っていたとしても、住人である穂積の承諾《しょうだく》なく勝手に入るなんて、へたをすれば犯罪だ。

自分が何をしても、穂積は許してくれる。

そんなエツオの甘えと傲慢《ごうまん》が透《す》けて見える。

こんな奴が好きなのか、穂積。

エツオと女から穂積に視線を戻すと、彼はやはり無表情だった。その視界に女が映っていないことは明白だ。穂積が見つめているのはエツオだけだと、直感で悟《さと》る。

なぜそこまでこんな男にこだわる？

「何やってんのよ、ほら！」

その場から動こうとしないエツオの腕を、女性が引っ張った。抗《あらが》うかと思いきや、エツオはのめるようにして寝室に足を踏み入れる。この男はたとえ指一本でも、自分の意志で動かす気はないらしい。

反対に穂積は、己《おのれ》の意志で真《ま》っ向《こう》から恋人を見上げた。

その穂積を、周平は食い入るように見つめる。

「俺、迷惑か」

尋ねた穂積の声は、場違いなほど静かだった。

ぎり、と胸が捩《よじ》れるように痛んで息がつまり、周平は服の上から胸の辺りを強くつかんだ。

しかし肝心《かんじん》のエツオは何も感じなかったらしい。今の状況の全てをごまかしたいのだろう、へらへらと軽薄《けいはく》な笑みを浮かべる。そのくせ、目は穂積に縋《すが》っていた。

こんなん俺の本意やないんや、リナが勝手に何か思い込んでんねん。おまえやったらわかってくれるやろ。

が、ぴくりとも表情を動かさずに沈黙を守っている穂積に、自分を助けてくれる気がないことを悟ったのか、しどろもどろで答える。

「迷惑っていうか……。俺は別に、そんな」

「エツオ！」

女が悲鳴のような声で呼んだ。そしてつかんだままでいたエツオの腕を、激しく揺さぶる。

「何言ってんの！　こんな奴に優しくなんかしなくてもいいの！」

「リナ」

今にも泣き出しそうな情けない声で呼んだエツオに、女性はハッと口を噤《つぐ》んだ。間近で見下ろしてくる男の顔を覗き込み、歪んだ笑みを浮かべる。

「ごめん、大きい声出してごめんね」

一転、彼女は優しい声になった。が、語尾が不自然に震えていて、感情を抑えきれていないのがわかる。何となく嫌な予感がして、周平はじりじりと穂積の側《そば》に寄った。

「私がちゃんと言ってあげるから心配しないで。ね」

エツオの腕を摩《さす》った彼女は、彼をかばうように前へ出た。そして射殺《いころ》さんばかりの視線を穂積に突き刺す。

「二度とエツオに近付かないで。近付いたら、私が許さない」

しゃがれた声で言った女性に一旦目を向けたものの、穂積はすぐに彼女の背後にいるエツオに視線を戻した。

ほんの一瞬、穂積の目を見たエツオだったが、即座に顔を背《そむ》けてしまう。その先にも周平がいて、とうとううつむいてしまった。

「黙ってないで何とか言いなさいよ」

「黙ってんと何とか言えや」

女性が穂積に言った声と、穂積がエツオに言った声が重なった。

穂積はエツオに向けて、更に言葉を続ける。

「俺と別れたいんやったら別れたいいて、おまえの口から言え」

抑揚《よくよう》のない口調に答えたのは、エツオではなく女性だった。

「別れたいって何よ！　あんたが勝手にエツオに付きまとってるだけ」

「やかましい！」

女性の言葉を、穂積は初めて途中で遮った。その声の迫力に、彼女は息を飲む。

周平もまた息を止めた。それほどに鋭い一喝《いっかつ》だった。

「さっきから何をガタガタぬかしとんねん。あんたこいつのオカンか。こいつにしゃべらさんかい」

同じ関西弁でも、智良のそれとは全く異なる重い語調だった。穂積はもともと乱暴な物言いをする男だが、普段のそれとも違う。——周平が知らない穂積だ。

女性の顔がみるみるうちに赤くなるのを見てとった周平は、咄嗟《とっさ》に前へ出た。

勢いよく振り上げられた女の手を、横から力まかせにつかむ。いた！　と彼女が悲鳴をあげると同時に、後退《あとず》さったのはエツオだった。自分が周平に殴《なぐ》られるとでも思ったのかもしれない。女性をかばおうとする動きは欠片《かけら》もなかった。

何だこいつ。

エツオをにらみつけつつ、尚もきつく女の手首を握りしめる。

「痛い！　放してよ！」

逃れようとする彼女に、周平は鋭い視線を投げた。

「あんたが殴ったりしねぇなら、放してやる。話し合うつもりで来たんじゃねぇのかよ。だったら話し合え」

できる限り感情を抑えて言う。

確かに俺は部外者だ。

しかし、目の前で穂積が殴られることは我慢ならない。

「エツオ！」

縋るように彼女に呼ばれたエツオは、おずおずとこちらを見た。周平も再び彼に視線を移したので、目が合う。

こんなに近くでエツオを見るのは初めてだ。身長は周平と同じぐらい。濃い眉と二重の双眸が印象的な彫《ほ》りの深い顔立ちは、確かに二枚目である。

しかし今はおどおどとしているせいか、ひどく醜く見える。

目をそらすことなくにらみ返すと、エツオは顎《あご》を引いた。が、周平が自分にとって重要ではない存在だったからだろう、かろうじてこちらをにらんでくる。

「手ぇ放せ。おまえに関係ないやろ」

「あんたは関係あるのに、さっきから穂積と彼女に何も言わねぇし、何もしねぇな。偉そうな口きけるのは俺にだけかよ」

女の手首を放しつつ言うと、エツオの頬がひきつった。何か言おうと口を開きかける。人の男に手ぇ出すなて言うたやろが！　とでも怒鳴ろうとしたのだろうが、いったぁい、と女性がわざとらしい声をあげたので慌てて口を噤んだ。

「リナ、大丈夫か？」

「大丈夫なわけないでしょ！」

「あー、もうええ！」

声を荒げたのは穂積だった。

「おまえら皆帰れ。急に来られてごちゃごちゃ言われても、こっちもどうしようもないわ。エツオ、話は後でつけるからな」

「後って何よ、まだエツオに付きまとうつもり？」

女性がまた息巻いたが、穂積は相手にしなかった。女性からもエツオからも、周平からも目を離してフローリングの床を見つめ、面倒くさそうに言う。

「心配やったらあんたも来たらええやろ。とにかく今は帰れ」

追い払うように手を振った穂積に、エツオはほっとしたらしい。ようやくこの場から逃《のが》れられると思ったのだろう、女性の腕を引く。

「帰ろ、な」

「でも！」

「何かあったらリナに言うから。俺がリナがおれへんかったらあかんて、わかってるやろ？」

穂積の目の前であるにもかかわらず、エツオは甘えるような声を出す。以前、レストランバーで穂積に甘えていた口調と全く同じだ。

周平はまた、寒気がするほどの嫌悪を覚えた。

どこまで無神経なんだ。

しかし甘えられた当人である女性は、エツオの言葉で気を良くしたらしい。

「ほんとに言ってよ」

上目遣いに見上げた女性に、エツオはやはり甘えたように、うんと頷いた。周平が射殺さんばかりの視線を向けた先で、彼は女性の肩を抱いてドアの方へ導《みちび》く。女は汚《けが》らわしいものを見る目つきを穂積に据《す》えながらも、部屋を出ていった。

そのまま出ていくかと思ったエツオは、肩越しにこちらを振り向いた。表情で穂積に言い訳をしようとしたようだが、穂積はエツオを見ていなかった。ベッドに腰かけ、ただじっと床を見つめている。

恋人が自分を見ていなかったことが想定外だったらしく、エツオは周平の目から見てもそれとわかるほど狼狽《ろうばい》した。しかし女を追い出して、自分だけがこの場に残るわけにはいかなかったらしく、穂積の様子を気にしつつも部屋を出てゆく。

二人の姿が視界から消えた途端、穂積がため息を落とした。

それで緩むかと思った張りつめた空気は、しかしなぜか、そのまま穂積と周平の間に残った。

「穂積」

沈黙が嫌で呼んだものの、穂積は顔を上げなかった。うつむいたまま、ぶっきらぼうに命令する。

「おまえも帰れ」

「けど」

何をどう言っていいかわからなくて口ごもると、ああ、そおか、と穂積は声をあげた。

「やるつもりやったのに、やってへんかったな。一週間以上空《あ》いたのにすまん。けど今そういう気になれんし、他の奴つかまえてくれ」

「他の奴って」

「周平、女ともやれるんやろ」

ようやく顔を上げた穂積が、あっさりと言う。見上げてくる端整な面立ちには、何の表情も浮かんでいなかった。能面《のうめん》を思わせる顔だ。

「この前みたいに合コンでもして、適当に相手見つけてくれ」

その顔と同じ感情のない声に、カッと頭に血が上《のぼ》る。

「嫌だ」

気が付けば、そんな風に答えていた。

穂積の眉間に、くっきりとした皺《しわ》が刻まれる。

「嫌って何が」

「女と寝るつもりはない。男ともだ。あんた以外とはしたくない」

早口でまくしたてると、はあ？　と穂積は不穏《ふおん》な声をあげた。張りつめていた空気が、その声で一気に爆発する。

「何言うてんねん。せなんだら溜《た》まるやろが」

「溜まっても我慢する。あんた以外とは寝ないって言ってるだろ」

「ドアホ。次いつやれるて今は約束でけんのや。待たれとっても迷惑や言うてんねん」

鋭い物言いに、全身の血が引いた。頭に上っていた血も凍りつく。

——迷惑。俺は迷惑か。

次の瞬間、再び頭の中が沸騰《ふっとう》するように熱くなる。

「あんたは俺とやりたくねぇのかよ！」

周平は思わず怒鳴った。穂積に怒鳴ったのは初めてだ。いや、穂積に対してだけではなく、今までこんな風に、誰かに自分の感情を生でぶつけたことはなかった。

一瞬、大きく目を見開いたものの、穂積は怯まなかった。みるみるうちに険《けわ》しい顔つきになったかと思うと、周平に負けない強い語調で言い返してくる。

「何を勘違いしとんねん。おまえはエツオの代わりや。俺はおまえの大事なトモヨシさんの代わりや。お互い身代わりのセックスやろが」

「それは……」

周平は口ごもった。穂積にまっすぐ向けていた視線が、頼りなく床に落ちる。

穂積が言う通り、確かに身代わりのセックスだった。智良と似た声に惹かれて穂積を抱いた。彼の喘《あえ》ぐ声を智良の声に重ねて欲情し、達した後は必ず、穂積ではなく智良の名を呼んだ。

穂積もまた、情事の最中には必ずエツオと呼んだ。それを何度も、周平と呼び直させたのだ。

周平は強く拳《こぶし》を握りしめた。掌《てのひら》に爪《つめ》が食い込んだが、痛みは感じなかった。掌よりも胸の方がずっと痛い。

俺たちは、互いが互いを利用したんだ。

——ただの、セックスフレンド。

痛いほどの沈黙が落ちた寝室に、穂積がため息をつく音が響いた。

「わかったら帰れ」

その命令は、素《そ》っ気《け》なく投げ出された。

確かに、セックスができないのならここにいる理由はない。

しかし周平は、どうしても頷くことができなかった。

「……嫌だ」

「何が」

「帰りたくない」

「何で」

「あんたが好きだ」

その言葉は不思議なほどスムーズに、確かな熱をもって唇からこぼれ落ちた。

しん、と静けさが辺りを包む。

刹那《せつな》、強烈な痛みが右の脛《すね》を直撃した。

「いって！」

とても立っていられず、周平はよろめいた。かろうじて倒れはしなかったものの、ジーンズの上から右の脛を押さえる。いわゆる弁慶《べんけい》の泣きどころに食らわされた蹴《け》りの威力《いりょく》は凄《すさ》まじく、尋常《じんじょう》ではなく痛い。

何すんだ！　と怒鳴ろうとしたそのとき、容赦《ようしゃ》なく蹴りを入れたばかりの穂積が立ち上がった。激しい感情を映した目で、こちらをにらみつける。

「ふざけんなボケ！　適当なこと言いやがって殺すぞコラ！」

「適当じゃない！　俺はほんとに」

「そしたらトモヨシさんはどうなんのや！　嫌いになったて言うんか！」

間を置かずに言い返されて、周平はぐっと喉を鳴らした。

「それは……、違う。嫌いじゃない。でも」

智良のことは好きだ。嫌いになったわけではない。

しかし穂積のことも好きなのだ。

自分でも自分の気持ちの整理ができなくて口ごもると、穂積は頬を歪めて笑った。

「おまえもエツオと同じや、周平。どっちにもええ顔して、どっちもつなぎとめようとしよる」

「そんな、違う！」

「どう違うねん。今トモヨシさんが好きで、俺も好きて言うたやないか。同じや。同じやろ？

……俺はほんま、男見る目ないわ」

一転して静かな口調で言った穂積に、周平は言葉を失った。確かに同じだと、周平自身も思ってしまったのだ。

どちらかだけが好きだとは言えない。どちらも好きだ。

穂積にも女にもいい顔をして、二股を続けているエツオと変わらない。

言い訳すら見つからなくて黙り込んでいると、穂積がため息を落とす音がした。

「帰れ。二度とツラ見せんな。おまえとは今日で終わりや」

「穂積」

驚いて呼ぶ。まさか、そんな話になるとは思っていなかったのだ。

冷めた眼差しをこちらに向け、穂積は淡々と続ける。

「好きとかそんなんは、エツオのアホの相手するだけで手一杯やねん。ただのやり友とそんなん、面倒以外の何でもない。せやからもう終わりや」

「穂積」

「帰れ」

短く言って、穂積はドアの方へ顎をしゃくった。

もはや名を呼ぶこともできず、周平は奥歯をかみしめた。

今、周平にできるのは穂積に言われた通り、寝室を出ること。それしかなかった。


どうやってマンションへ帰ったのか、よく覚えていない。

滅多《めった》に鳴ることがないマンションの電話が鳴って我に返ったとき、周平はリビングのソファに腰かけていた。日はすっかり暮れており、室内は真っ暗だ。つけていないのだから当然だが、暖房がきいていない室内は、かなり温度を下げている。が、ダウンジャケットを着たまま腰かけていたので寒くはなかった。

ふいに思い出したように、脛がずきずきと痛み始めた。穂積に思い切り蹴られた場所だ。明日にはきっと、ひどい痣《あざ》になっているだろう。

ルルルル、ルルルル。

やけに大きな呼び出し音を発し続ける電話は、リビングの端にある。ぎこちなくそこへ視線を移すと同時に、留守番電話に切り替わった。

『こんばんは、多恵子《たえこ》です。周平君、智良、二人とも元気にやってますか？　ちゃんとご飯食べてる？』

久しく耳にしていなかった、多恵子の明るい声が聞こえてくる。

『今日電話したんは、二人のお正月の予定を聞きたかったからです。できたら京都で、四人そろてお正月したいんやけど、どう？　おせちとお雑煮《ぞうに》、がんばって作って待ってます。また連絡くださいね』

こちらを気遣っているとわかる、優しい口調が途切れた。

周平以外誰もいない部屋に、再び静寂《せいじゃく》が訪れる。

俺は、お母さんも裏切ったんだな……。

周平はぼんやりと思った。

再婚相手の息子が、自分の息子と本当の兄弟のように仲が良いと思っている多恵子を裏切り、本当の兄弟のように思ってくれている智良を裏切った。父が愛した人の大切な息子に邪《よこしま》な感情を抱いて、父も裏切った。

その上、智良のことが好きなのに、穂積にも好きだと告げた。恋人が二股をかけていて、ただでさえ傷ついていた彼を、更に傷つけた。

二股をかけているエツオが、全ての元凶《げんきょう》であることは間違いない。けど、俺もだめだった。

智良への想いは絶対に気付かれてはいけないという認識は、最初からあったのだ。たとえ智良に嫌われようとも、父と多恵子に心配をかけようとも、同居は断るべきだった。それを嫌われたくないばかりに同居して、智良を好きなまま穂積と寝ることになってしまった。

俺もエツオと同じだ。優柔不断でどうしようもなかった。

同時にまた、穂積もだめだった。たとえ感情の入らないセックスフレンドだとしても、周平との関係は、結局は浮気だ。浮気をする前に、エツオとの関係に白黒つけるべきだった。どんなに好きでも、二年も恋人の二股を許しておくべきではなかったのだ。

――でもやっぱり、俺が悪い。

好きという気持ちはコントロールがきかない。だめだ、いけないとわかっていても止められないことは、周平もよく知っている。だからエツオとの恋人関係をずるずると続けていた穂積を、優柔不断だと断《だん》じることはできない。エツオと関係を持ちながら、周平とも寝ていたことを、おまえも不実ではないかと責められない。好きという気持ちはコントロールがきかないだけではなく、白黒つけられるほど単純なものではないからだ。

穂積に比べれば、俺はまだブレーキをかけられる状態だった。

関西に住んでいた智良とは、もともと離れて暮らしていたのだ。同居さえしなければ、智良に対する欲を持て余すことはなかっただろう。自力で適当に発散できたはずだ。

やっぱり俺が一番のろくでなしだ。

ため息を落としたそのとき、ふいに玄関のドアが開く音がして、周平はハッとした。

「ただいまー」

智良の声が聞こえてくる。明かりがついていなかったので、周平がまだ帰っていないと思ったようだ。リビングへ近付いてくる足音と共に、まだ帰ってへんのか、とつぶやく声がした。

「友達んとこやろか、それかホヅミちゃんのとこかな」

どこか楽しげに発せられた、ホヅミ、という言葉に体が強張る。

一瞬、なぜ穂積のことを知っているのかと焦ったが、前に智良に起こしてもらったときに、ホヅミと呼んでしまったことを思い出した。

カノジョだと思ってんのか……。

そんなことをぼんやり考えていると、パチリと音がして明かりがつく。ソファに腰かけている周平にようやく気付いた智良が、わ、と声をあげた。

「びっくりしたー。帰ってたんか」

「……おかえり」

どうにか笑顔を作って言うと、智良は心配そうに眉を寄せた。

「ただいま。電気もつけんとどないした」

歩み寄ってくる智良を、周平はじっと見つめた。

中肉中背《ちゅうにくちゅうぜい》の体は、スーツで包まれていた。まだコートも脱いでいない。どこにでもいるサラリーマンといった感じだ。柔和な顔に、シルバーの地味なフレームの眼鏡。特別二枚目でもなければ、かわいいわけでもない。

それでも、笑うと糸のように細くなる目が愛《いと》しい。周平、と呼ぶ柔らかな声が好きだ。

「しんどいんか？　熱ある？」

智良の手が、ためらう様子もなく額《ひたい》にあてられた。外から帰ってきたばかりの彼の手は、ひんやりと冷たい。その冷たさが心地よくて、なぜか泣きたいような気持ちになる。

「僕の手ぇ冷たいからようわからんなあ。熱はないんかな」

「智良さん」

呼んで、周平は額にあてられたままの彼の手に、自分の手をおもむろに重ねた。

「周平？」

驚いたように呼んだものの、智良が手を引くことはなかった。それをいいことに、額から彼の手をはずし、両手でしっかりと握りしめる。

周平の骨太で長い指とは反対に、智良の指には丸みがあった。そういえば爪も丸かったと思い出す。一緒に料理をしているときにそのことを指摘すると、男やのに丸こい手ぇで恥ずかしわ、と照れくさそうに笑った。

この人は、指まで優しい感じだ。

「どないした。ホヅミちゃんと何かあったか？」

再び出てきた穂積の名に、周平はドキリとした。

おまえとは今日で終わりや。

感情のない声が耳に甦《よみがえ》ってきて、無意識のうちに智良の手をつかむ指に力がこもる。

「ふられた」

漸《ようよ》うそれだけを搾《しぼ》り出《だ》すと、智良は一瞬、言葉につまったようだった。

「……ほんまに？」

「ほんと」

短く答えた周平に、そおか、と智良は遠慮がちに相づちを打つ。

「日曜日とか、僕が周平と一緒におりすぎたからかなあ。ホヅミちゃんと遊びに行く時間なかったやろ。周平にカノジョがおらんわけないのに、年甲斐《としがい》ものうはしゃいでしもて。ほんまごめんな」

「智良さんが謝ることないよ。智良さんは何も悪くない。俺が悪かったんだ」

つぶやくように言うと、智良がふと笑う気配がした。

「ホヅミちゃんのこと、ほんまに好きやねんなあ」

感心したように言われて、え、と思わず声をあげる。その拍子《ひょうし》に彼の手を離してしまった。

自由になった丸い手が、ポンポン、と柔らかく肩を叩く。

優しい仕草につられて見上げると、智良はニッコリ笑った。そして穏やかな口調で話し出す。

「周平て普段、クールやし落ち着いてるやろ。それやのに電気つけるん忘れるほど落ち込んでるし。こないだ寝坊してホヅミちゃんの名前呼んだときも、めっちゃ甘えてる感じやったもんなあ。周平と兄弟になって一年以上経《た》つけど、ああいう風に呼んでもろたことないからちょっと羨《うらや》ましいわ」

「いや、俺は……」

周平は智良からぎこちなく視線をはずした。己の邪な想いを見抜かれてしまいそうで、柔和な笑みを浮かべた彼の顔を見ていられなかったのだ。

俺はもともと、智良さんが好きなんだ。好きで抱きたくてたまらなかった。

穂積と体を重ねるきっかけになったのも、彼の声が智良の声と似ていたからだ。

そんなことを知る由《よし》もない智良は、また周平の肩を優しく叩く。

「照れんでええて。自分が悪かったたて思うんやったら、謝ったらええやんか」

「でも穂積はもう」

「ホヅミちゃんがどうでも、周平はホヅミちゃんが好きなんやろ？」

柔らかく問い返されて、周平は言葉につまった。

好きな人に、他の人が好きなのだろうと指摘されたにもかかわらず、ショックはなかった。むしろショックがないことがショックだった。

しかも智良の手を握り、彼に肩を触られたというのに、抱きたいとは思わない。今日は穂積を抱かなかった。もう一週間以上、セックスをしていない。もちろん自慰《じい》もしていない。

それでも、智良を押し倒したい欲求は湧《わ》いてこなかった。もっと触ってもらいたいとは思うけれど、そこに凶暴さはない。信頼できる大人に頭を撫でてもらいたいと願う、子供のような感情に近い。

「智良さん」

掠れた声で呼ぶと、うん？　と智良は優しく応じてくれた。

「好きだ」

真剣に告げたつもりだったが、声に熱はなく、熱とは到底呼べないあたたかな響きがあるだけだった。

そのあたたかさは、智良にも伝わったらしい。すぐに返事をくれる。

「僕も周平が好きや」

ポンポン、とまた肩を叩かれ、ああ、と周平は心の内で嘆息《たんそく》した。

いつ、なぜそうなったのかは自分でもわからない。

しかしともかく智良への気持ちは、激しいものから穏やかなものへ変化したのだ。恋人への情愛から、家族のそれへと変わった。

穂積を何度も抱いているうちに変わったのか。

それとも、もともとあった智良への激しい気持ちが錯覚《さっかく》だったのか。

何にせよ、今はもう智良に欲は感じない。実際、真摯《しんし》に口にした先ほどの告白より、自然と唇からこぼれ落ちた穂積への告白の方が、ずっと熱を帯《お》びていた。

——俺は、穂積が好きなんだ。

ただ体をつなげるだけでなく、キスしたい、抱きしめたいという欲求は、恋《こ》い慕《した》う気持ちからきていた。

「明日にでもちゃんと謝ってき」

思春期の弟を諭《さと》すような口調に、んー、と周平は曖昧な返事をする。

すると、コラ、と頭を小突《こづ》かれた。智良にこんな風にされるのは初めてだ。励《はげ》まされていることが、恥ずかしくて照れくさい。好きだと思うけれど、それはやはりあたたかい気持ちだ。

「謝らんつもりか？」

「や、謝りたいけど。謝るのも何か、俺の勝手っていうか、自己満足っていうか……」

周平は口ごもった。穂積に告白したときは、確かに智良を好きだと思っていたのだ。穂積が言った通り、二股と同じだった。

最悪、二人の人間を同時に好きになるのは気持ちの動きだから止められないとしても、口に出すのを止めることはできたはずだ。

でも、俺にはできなかった。

かろうじて智良には言わなかったが、穂積にはぶつけてしまった。

謝ったところで、俺がそういう半端《はんぱ》な人間だってことは変わらない。

黙り込んでいると、智良が小さく笑う気配がした。

「けど好きなんやろ?」

静かに問われて、周平はまた言葉につまった。

——そうだ。俺は穂積が好きだ。

濃厚《のうこう》なキスをかわした後の、熱っぽい表情。その後に浮かんだ、不機嫌な表情。ふざけんなボケ！　と怒鳴ったときの燃えるような激しい表情。

いつかと同じように、思い出そうとするまでもなく穂積の様々な顔が脳裏に浮かんで、胸が熱くなる。

俺は確かに半端な人間だ。

それでも、穂積が好きだ。どうしても好きなのだ。

そう思ったことが伝わったのか、智良はまた小さく笑った。もう大丈夫だと思ったのだろう、ゆっくりと周平から離れる。着たままだったコートを脱ぎ、それをソファの背にかけてから、リビングの隣のキッチンへ向かう。

「夕飯食うてきたけど、何か腹減ったわ。こないだ買《こ》うた冷凍ピザでも食べよかな。周平も食べるか?」

「……あ、うん。俺も食う」

反射的に答えると、そか、と智良は嬉しそうに笑った。

今までとは違った空気が、二人の間に漂《ただよ》っているのがわかった。ようやく兄弟になるスタートラインに立った気がする。

「そしたら二人分焼くな。ほら、こないだ会《お》うた同僚の人。今日仕事終わってから彼女のオススメの店に連れてってもろてんけど」

スーパーで会った女性のことを言っているのだと、すぐにわかった。飴色《あめいろ》の眼鏡をかけた、細身の女性が脳裏に浮かぶ。

あの人と食事に行ったのか。

しかも彼女の方から誘ったようだ。

そう思うとムッとしたが、以前のような絶望感はなかった。

でも結局あのときも、穂積から二度と来るなってメールがきて、あの女の人のことは頭から吹っ飛んだんだよな……。

その後も、彼女のことは一度も思い出さなかった。彼女が智良に好意を抱いているとわかっていたのに、だ。とにかく今日まで、穂積のことばかり考えていたのだと思い知る。

穂積が好きだと自覚した今、改めて振り返ってみると、穂積と寝るようになったときから、智良への気持ちは徐々《じょじょ》に変わりつつあったのかもしれない。

周平の感慨《かんがい》をよそに、カウンター越しにこちらを見た智良は気安い口調で言う。

「東京の女の人のオススメって凄《すご》いなあ。オシャレーてゆうか、セレブーてゆうか。僕そういうの全然慣れへんから、けっこう食うたはずやのに全然食うてへん感じや」

「東京がどうこうっていうより、その人の趣味なんじゃねぇ？　テレビとか雑誌見てると、京都とか大阪もそういう店が多い気がするけど。向こうにいたとき行かなかったの？」

「行かんかったなあ。シャレた雰囲気が何となし苦手で、居酒屋とかラーメン屋とか中華屋とか、そういうとこばっかり行ってた。せやから余計に女の子にモテんかったんかも」

苦笑した智良に、ふうん、と周平は頷いた。いかにも気取らない智良らしくて、思わず笑ってしまう。今の話を聞いた感じでは、食事に誘われたにもかかわらず、智良はやはり彼女をただの同僚としか見ていないようだ。

でもいつかは、智良さんも誰かを好きになる。

「智良さんがちゃんと、腹いっぱい食ったって思えるとこをおすすめしてくれる女の人がいるといいな」

「うん？　どういう意味やそれは」

「言葉通りだよ」

笑って言うと、智良も笑った。

「そおそお。草野さんが、妹さんが周平のこと気に入ったみたいやって言わはってんけど、周平には好きな人がいますて言うといたから」

「そうなんだ」

草野は恐らく話の接《つ》ぎ穂《ほ》として、妹の話題を持ち出したに違いない。弟に関することを話せば、智良も乗ってくるかもしれないと思ったのだろう。しかし接ぎ穂どころか、きっぱりと断られ、彼女は智良に特別視されていないと気付いたはずだ。

「草野さんに次誘われた？」

「いや、誘われんかった。せっかくオシャレな店に行ったのに、僕がどんくさかったから嫌になったんとちゃうかなあ」

決まりが悪そうに言った智良に、それは違うだろうと思う。彼女は恐らく、気のない男を誘っても無駄だと悟っただけだ。

しかし周平は黙っていた。智良が相談してきたなら応《こた》えるが、今はそうではないのだ。

さりげなく話を変える。

「そういやお母さんから、正月は京都で迎えないかって留守電入ってたよ」

「そうなんや。僕は予定ないから帰ってもええけど、周平は予定できたら遠慮せんと言うてや」

「予定できたらって？」

「ホヅミちゃんと初詣《はつもうで》とか」

「ないよそれは」

周平は苦笑して首を横に振った。たとえ謝っても、許してもらえるかどうかわからない。それに改めて好きだと告げたところで、穂積はエツオが好きなのだ。ただのやり友とそんなん、面倒以外の何でもない。はっきりとそう言われた。そもそも、会ってもらえるかどうかもわからない。

それでも、このまま終わりにするつもりは毛頭《もうとう》なかった。

好きだから、終わらせることなどできない。


周平《しゅうへい》、と声をかけられて振り向くと、男二人が前後になって駆け寄ってきた。井口《いぐち》と佐々木《ささき》だ。

既視観《きしかん》を覚えて、周平は瞬《まばた》きをした。前にも、これとそっくりのシチュエーションがあった。

ただし、構内を歩く学生たちの服装は以前のような秋色ではなく、秋を通り越して冬色に染まっている。

あと一週間ほどで十二月。夕暮れ時の乾いた空気は、肌を切り裂きそうなほど冷たい。が、どんなに冷たくても、逆に暖かくても、周平にはどうでもいいことだった。神経のどこかが麻痺《まひ》してしまったかのように、暑さにも寒さにもリアリティがない。ここ数日、あまり眠れていないので全身に倦怠感《けんたいかん》があるが、それもどこか他人事《ひとごと》のようだ。

「今日これから時間ある？」

数週間前と全く同じ井口の問いかけに、ない、と周平は即座に答えた。

「また兄貴と約束してんのか？」

からかう視線を向けてきた佐々木には、いや、と首を横に振る。

「今日はバイト」

「えー、おまえ、木曜ってバイトだっけ？」

ああと頷いてみせると、佐々木は肩を落とした。その隣で井口も肩を落とす。

「何だよ、また合コンか？」

恐らくそうだろうと思って尋ねると、佐々木と井口は決まり悪そうに笑った。図星だったらしい。

周平は改めて二人に向き直った。

「井口、おまえ先週に言ってた女の子はどうなったんだよ」

「あー、別れた」

けろりと言った井口に眉を寄せる。

「別れられたのか？」

「もちろん。俺は別れるってちゃんと言ったからな。向こうがどう思ってんのかはわかんないけど、もう関係ねぇよ」

おどけたような物言いだったが、少しも笑えなかった。

関係ねぇよ。——穂積《ほづみ》もたぶん、同じように思ってるんだろう。

穂積に別れを告げられた先週の土曜日、夜更《よふ》けすぎに穂積にメールを送ろうとした。

俺が好きなのは穂積だ。智良《ともよし》さんは家族として好きなんだ。

一度はそんな風に打ったものの、その文面のあまりの薄っぺらさと嘘くささに嫌悪《けんお》を覚えて、すぐにクリアボタンを押した。セックスの最中に数え切れないほど智良の名を呼んでおいて、家族として、なんて今更信じてもらえるわけがない。

実際、俺自身だってわからなかったんだから。

だいたい、許しを請《こ》うた上で改めて告白するのに、メールはだめだろう。真剣さが伝わらない。せめて声が伝わる電話でなくては。

そう思って電話をかけてみたが、穂積が出ることはなく、無機質な声の留守番電話に切り替わった。そこで初めて、穂積が本気で関係を終わらせようとしていることを思い知った。そして心のどこかで、謝れば許してもらえると思っていた自分に気付いた。

俺は本当にばかだ。

体を許していたからといって、心まで許していたわけではないのに。

その証拠に、エツオ以外の穂積のプライベートを、周平はほとんど知らなかった。兄弟はいるのか、両親は健在《けんざい》か、彼らとの関係はどうなっているのか。どんな子供だったのか、学生時代の思い出等々。友人同士でも話すことがあるそれらを、穂積は話してくれなかった。話す必要がないと判断したからだろう。穂積にとって周平は、本当にただのセックスフレンドだったということである。

もっとも、周平自身も彼に、智良のこと以外はほとんど話していなかった。そうしたドライな関係に心地《ここち》好《よ》さを感じて穂積と付き合ってきたのだ。

「なあ、周平。バイト今から代われねぇの？」

しつこく食い下がる佐々木に、周平は手を横に振った。

「無理だな。つか俺、こないだの合コンですげぇ態度悪かっただろ。嫌じゃねぇのかよ」

「態度悪いって、女の子を無視して帰ったこととか？　あれは店出た後だろ。合コンの最中に雰囲気壊《こわ》したわけじゃねぇじゃん。勝手におまえとやれるって思い込んだ女が悪い」

「まあ、そうだけど」

思い込ませるような態度をとったのは周平だ。

ろくでなし。——いつか思い浮かべた言葉が脳裏に甦った。

こんなんじゃ、穂積が相手にしてくれないのも無理ない。

もっとも、ろくでなしぶりが良くてセックスフレンドに選んだのだろうが。

おのずとため息が漏《も》れる。体をつなぐことは拍子《ひょうし》抜《ぬ》けするほど簡単だったのに、心をつなぐことは恐ろしく難しい。

「とにかく合コンは行けない。悪いな」

周平は二人を残して歩き出した。あきらめたらしく、佐々木も井口も追いかけてくることはない。他の誰かを探すべく、周平とは反対の方へ歩いてゆく。

足元から這い上がってきた冷たい風に身震いしながら、周平はポケットに手を突っ込んだ。携帯電話を取り出し、着信を確認する。

何通かメールは来ていたが、穂積からのメールはない。電話もない。

我知らずまた、長いため息が漏れた。

昨日はごめん、もう一度会って話がしたいんだ。

土曜日にかけた電話は無視されたが、そのままにはしておけなかった。だから翌日の日曜日、散々《さんざん》迷った挙句《あげく》にそんなメールを送った。

しかし返信はなかった。月曜にも何度か同じ内容のメールを送ったが、やはり応じてはもらえなかった。ならばと再び携帯に電話をかけてみたが、何度かけても留守電に切り替わり、つながらなかった。最後の手段としてマンションの電話にかけてみようと思いついた直後に、番号を知らないことに気付いて愕然《がくぜん》とした。

こうなったら直接会いに行くしかないと決意して、穂積のマンションへ行ったのは火曜のことだ。しかし明け方まで待っても穂積は帰ってこなかった。水曜にも行ってみたけれど、彼が帰ってくることも、彼の部屋の明かりがつくこともなかった。

まさか引っ越したとか？

不安になった周平は、今日の昼間、思い切って穂積が勤める会社に電話をかけてみた。しかし周平が、穂積の所属部署も、本社に勤めているのか、支社に勤めているのかも知らないとわかると不審に思ったらしく、つないでもらえなかった。当然、今どこにいるのかも教えてもらえなかった。

実家が大阪だとは聞いていたが、詳しい住所は知らない。共通の友人もいない。

もはや周平に、穂積の居場所を確かめる術《すべ》はなかった。探そうにも、どこを探せばいいかすらわからない。

ほんとに切られたんだな……。

携帯電話をポケットに戻しながら思う。

あの後、エツオとどうなったのかはわからないが、そう長い時間、穂積がセックスを我慢できるとは思えない。もしエツオと別れたのなら、とうの昔に他の男を誘っていることだろう。今頃、後腐《あとくさ》れのない男との情事を楽しんでいるかもしれない。

周平、と呼ぶ甘い声がふいに甦《よみがえ》り、耳の奥をくすぐった。

入れて。もっと。ほしい。して。いく。

次々に囁く色めいた声は、間違いなく穂積のものだ。

その声を自分以外の男が聞いていると想像しただけで、腹の底が煮えるような感じがした。怒りとも情欲ともつかない、熱いものが湧《わ》き上《あ》がってくる。

しかしその熱いものは、好き、という穂積の声を思い出すと同時に、嘘のように引いた。

エツオとの情事の様子を携帯電話で聞かされたとき、よがる声よりも、その声の響きのせいで身動きができなくなった。

好き。

穂積にそう言ってもらいたい。

切られたのなら仕方がない、別の人を探そうとは到底《とうてい》思えなかった。穂積と出会う前のように、手当たり次第に情事の相手を漁《あさ》る気にもなれない。好きと言ってもらうのも、好きと告げるのも、そしてもちろん体をつなぐのも、穂積でなくてはならないからだ。

今日、バイトが終わったら、もう一回穂積のマンションへ行ってみよう。

そう決めて歩を進める。

穂積に蹴《け》られた右の脛《すね》の痛みは、もうほとんど残っていなかった。もちろん痣《あざ》はまだ残っており、強く押せば痛い。しかし今、早足で歩いていても痛みは感じられない。

痛みがなくなって嬉しいかといえば、少しも嬉しくなかった。それどころか痛みが引いてゆくのと比例して、穂積の存在が自分の中から消えてゆくようで、ひどく歯がゆかった。

穂積と会えるまでは、痛いままでいい。

周平は右足で、殊更《ことさら》強くアスファルトを踏みしめた。

居酒屋のバイトは忙しかったが、苦《く》にはならなかった。むしろ体を動かし続けることで、あまり考え込まずに済んで助かった。忘年会や新年会の予約の電話が何度も鳴り、いつもの平日より慌ただしかったのもありがたかった。

ただ、穂積と初めて会ったときに彼が座っていた場所には、無意識のうちに何度も目が向いた。

季節は蒸し暑さが増した梅雨《つゆ》だった。一人でふらりとやって来た彼は、迷うことなくその席に腰を下ろし、ビールとつまみを頼んだ。そして見まいとしてもどうしても見てしまう周平の視線を楽しむように、ゆっくりとビールをあおった。

あのときと同じように、ふらりと現れるのではないか。──心のどこかで、そんな期待をしてしまっていたのかもしれない。

しかしもちろん、閉店の時刻になっても穂積が姿を見せることはなかった。

「お先に失礼します」

更衣室で着替えている同僚に向かって挨拶《あいさつ》をする。お疲れさんです、お疲れ、という返答を背に、周平は店の外へ向かった。

時刻は深夜零時。みっちり働いた疲れがのしかかってくるのはもちろんのこと、昨夜《ゆうべ》も一昨日《おととい》も明け方まで穂積の帰りを待っていたせいで寝不足でもあり、体はくたくただ。それでも、これから穂積のマンションへ行ってみる意志は変わらなかった。

今の俺には、それしかできることがない。

ドアを開けて外に出ると、たちまち冷たい空気が全身を包んだ。吐き出す息の白が濃い。自転車を飛ばしたら、かなり寒いだろう。手袋をはめた手でダウンジャケットのポケットに突っ込んでおいたニットの帽子を取り出し、周平は深くかぶった。

強盗みたいやな。

穂積に言われた言葉を思い出して、小さく笑みが漏《も》れる。

穂積が笑ってくれるんだったら、虹色の帽子をかぶってもいい。

明日にでも買いに行こうかと本気で考えながら、駐輪場から自転車を出す。早速《さっそく》道の方へ漕《こ》ぎ出《だ》すと、周平、と呼ばれた。

智良さんの声だ。

わずかな疑問を差《さ》し挟《はさ》む余地《よち》もなく、そう思った。穂積と似た声だったが、穂積に呼ばれたとは思わなかった。

振り向いた先にいたのは、案《あん》の定《じょう》、智良だった。

「智良さん、どうしたの」

驚いて呼ぶと、智良は笑顔で駆け寄ってきた。

「周平が働いてるとこ見たい思《おも》て来てんけど、間に合わんかった」

「働いてるって、そんなたいしたことはしてないよ」

笑って答えて自転車を停め、改めて智良を見下ろす。スーツの上にコートを羽織《はお》り、手にはビジネスバッグと小さな紙袋を持っている。会社の帰りらしい。

「ここ、智良さんの会社からけっこう距離あるだろ。疲れてんのにわざわざごめん」

「距離あるいうても駅から近いし楽なもんや。疲れてるんは周平もやろ。バイトお疲れさん」

ポン、と肩を叩かれて、周平はあたたかな気持ちになった。智良は、周平が昨日も一昨日も明け方近くに帰ってきて、あまり眠っていないことを知っている。朝、顔を合わせたときは何も言わなかったが、きっと心配して来てくれたのだろう。

好きは好きでも、恋愛の好きとは違う。

熱い気持ちではなく、あたたかな気持ちになった自分に、改めてそう実感する。

それに、智良の声を聞いても穂積の声を思い出さない。智良の声は智良の声でしかない。穂積の声もまた、誰の代わりでもなく、穂積の声として周平の中に存在している。

「そしたら僕帰るわ」

あっさり言った智良に、え、と周平は声をあげた。

「でももう終電ないんじゃ」

「社会人をなめたらあかんで。タクシーで帰るわ、タクシーで」

おどけた口調で言った智良は、手に持っていた紙袋を周平に押し付けた。

「何？」

勢いに押されて受け取りつつ尋ねる。

「差し入れ」

「差し入れ？」

鸚鵡返《おうむがえ》しして、周平は紙袋の中を覗《のぞ》いた。そこに入っていたのは、レジ袋に入った使い捨てのカイロと、リビングに置きっぱなしにしていた紺色のマフラーだった。

思わず智良を見つめると、彼はニッコリ笑った。

「これから行くんやろ？」

周平が穂積のマンションへ行くつもりであることを、智良は知っているのだ。恐らく彼は、一度帰宅したのだろう。そこでマフラーを見つけた。居酒屋が開いている時刻に間に合わないとわかっていながら、それでも彼が来たのは、周平にカイロとマフラーを届けるためだ。じわ、と胸の奥が熱くなった。しかしその熱さは、恋愛のそれではない。弟として気遣ってもらえたことへの嬉しさだ。

周平、と智良が優しい声で呼ぶ。

「今日は夜中に雨が降るかもしれんて天気予報で言うてたから、もし降ってきたら雨のあたらんとこ行きや。無理はしたらあかんで」

「ありがとう」

礼の言葉は、いつになく素直に口に出た。本当に嬉しかったのだ。

智良と顔を見合わせると、どちらからともなく笑みがこぼれる。

「そしたら行ってくる」

「あ、周平、マフラー」

ああ、と頷いて紙袋からマフラーを取り出した周平は、それを首に巻きつけた。口許《くちもと》まで覆《おお》われると、さすがに温かい。

「それやったら途中ではずれてまうで。危ない」

智良が首の辺りに手を伸ばしてきた。肩に垂《た》れていたマフラーの端を、中に巻き込んでくれる。ごく近くまで智良の顔が近付いたが、心臓は鳴らなかった。これでよし、と頷いた彼に間近で笑顔を見せられても、体が熱くなったりはしない。ただ、嬉しくてあたたかかった。

——たぶん、本当はもっとガキの頃に経験する気持ちなんだろう、これは。

そんなことを思いつつ斜めに肩にかけていたバッグに紙袋をしまい、自転車にまたがる。

「ありがとう。じゃあ行ってくる」

「おう、行ってこい」

頷いてみせてふと前方に視線を遣《や》ると、街灯の弱い光に照らされた道に人影が立ち尽くしているのが見えた。コートを着た細身の男だ。

ちょうど脇《わき》を通り抜けた車のライトが、人影をはっきりと映し出す。

「穂積！」

横に智良がいるのも忘れ、周平は思わず呼んだ。

刹那《せつな》、穂積は身を翻《ひるがえ》した。コートの裾《すそ》が鮮《あざ》やかな軌跡《きせき》を描く。

「穂積！」

もう一度呼ぶが、彼は立ち止まらなかった。それどころか、どんどん遠ざかる。

「ごめん、智良さん」

智良の反応を確かめる余裕もなく、周平は勢いよくペダルを漕ぎ出した。周平、と智良に呼ばれたような気もしたが、止まらなかった。走る穂積の背をひたすら追いかける。

穂積のマンションからここまでは、徒歩で来られる距離ではない。

この辺りには居酒屋が多いから、単に飲みに来ただけかもしれない。しかし穂積は周平がバイトをしている店があることを知っているのだ。本当に会いたくないなら来ないだろう。飲める場所は他にいくらでもある。

やっぱり、俺に会いに来たんだよな。

穂積はかなり足が速かったが、どんな俊足《しゅんそく》でも、成人の男が全力で漕ぐ自転車には敵《かな》わない。周平はあっという間に彼に追いついた。

「穂積！」

もう一度呼んで、穂積の前にまわり込む。急ブレーキをかけると、ギギギ、とタイヤがアスファルトを擦《こす》る鈍《にぶ》い音が耳をついた。横倒しになりそうな自転車を、両腕と脚で支える。

どうにか体勢を立て直し、周平は穂積をまっすぐに見つめた。

すると彼は、ようやくあきらめたように足を止めた。

「チャリは、ずるいやろ。おまえも、走って来い」

切れ切れに言った彼に、周平は眉を寄せた。終わりだと言ったことも、この五日間、完全に連絡を絶《た》っていたことも、何もかもなかったかのような態度と言葉に、怒りとも苛立《いらだ》ちともつかない感情が湧《わ》く。この男は真剣なのか、ふざけているのか、どちらかわからないときがある。

「俺はもともと自転車に乗ってたんだ。自転車で追いかけるに決まってんだろ」

自転車を降り、端に停めて言い返した周平は、改めて穂積に視線を向けた。

居酒屋が多い裏通りから、ビジネス系の雑居《ざっきょ》ビルが建ち並ぶ通りへ入ったせいだろう、辺りは静かだ。車は時折通るが、人通りはほとんどない。

街灯の明かりの真下にいる穂積は、肩で息をしていた。白い息が吐き出されては消えてゆく。

――本当に穂積だ。穂積が目の前にいる。

じん、と胸が熱くなったものの、怒りと苛立ちは消えない。

愛《いと》しさなのか憎しみなのか判然としない激情を抑《おさ》えるために、周平は大きく息を吐いた。

「それより、何で逃げんだよ。俺に会いに来てくれたんだろ」

優しく言いたかったが、挑むような口調になってしまう。

すると穂積は、こちらに聞こえるほど大きな舌打ちをした。脚にからまったコートの裾《すそ》を乱暴に払い、じろりとにらみつけてくる。

「偉そうやなあ、おい」

「真面目に聞いてんだよ」

「俺かて真面目や」

すかさず返した穂積は、今度はため息を落とした。白い息が、夜闇に鮮やかに映る。

息はもう整ったようだ。いかにもタフなこの男らしい。

「さっきのがトモヨシさんか」

静かに問われて、周平は一瞬、息を飲んだ。

そうだった。五日前、穂積も好きだが、智良のことも好きだと言ってしまったのだ。穂積を追いかけるのに必死になって、忘れていた。

「そうだけど……、違うんだ」

自然と語気が弱まる。

穂積はわずかに眉を寄せた。

「違うて何が」

「この前、智良さんのことも好きだって言ったけど違うんだ。智良さんのことは、家族として好きだ。あの後、それがはっきりした。俺が好きなのは穂積だけだ」

ありのままを言っただけだったが、口に出すと、あまりにも作り事めいて聞こえた。

これじゃあ、エツオと一緒だ。

それやったら穂積とる。——あの、甘ったれた声で発せられた言葉と変わらない。

周平自身が嘘くさいと思ったのだから、穂積はもっと胡散《うさん》くさく感じたらしい。にらみつけてくる視線が、更に鋭くなる。

「わざわざ追いかけてきて何言うか思たら、くだらん。おまえだけとかそんなん、耳が腐《くさ》るほど聞いとんねん」

「でも本当なんだ。嘘じゃない」

どう言えば信じてもらえるかわからなくて必死で訴《うった》えた言葉は、やはりひどく陳腐《ちんぷ》に聞こえた。それでも必死でくり返すしかない。

「信じてくれ、穂積」

「それも聞き飽きた」

取り付く島もない穂積に、周平はカッとなった。

「それ言ったのはエツオだろ。俺はエツオじゃない」

「俺もトモヨシさんとちゃう」

穂積がきっぱりと言い切った次の瞬間、しん、と沈黙が落ちた。無言でにらみ合う。

まさに売り言葉に買い言葉だ。このままではまともに話ができない。

周平は大きく深呼吸した。そもそも、周平には穂積を責める資格などない。どちらも好きだと言ってしまったのは周平だし、実際、穂積に告白したときは、どちらがどう好きなのかわからなかったのだ。

――俺はともかく、穂積はどうなんだ。

平日の深夜にわざわざ会いに来た理由は何だ。

少しは俺のことが好きだからだろう？

好きまではいかなくても、気になったからここにいる。

「穂積、あんたは何で、俺に会いに来たんだ」

できる限り感情を抑えて問うと、穂積は珍しく言葉につまった。

が、すぐにそれをごまかすように、素《そ》っ気《け》ない口調で言う。

「別におまえに会いに来たわけやない」

だったら何しに来たんだよ、と口に出しかけた言葉を、周平は強引に飲み込んだ。言い争いたいわけではない。

真剣であることを少しでもわかってもらいたくて、穂積をまっすぐ見据《みす》える。

「ガキじゃあるまいし、意地張るなよ」

「はあ？　誰が意地張っとんねん」

「あんた」

「ドアホ、俺は意地なんか」

勢いよく言い返しかけた穂積だったが、さすがに大人気《おとなげ》ないと思ったらしく、口を噤んだ。

ふいと視線をそらし、クソガキ、とつぶやく。

そのとき、周平の背後から走ってきた自動車のライトが、穂積の端整《たんせい》な面立《おもだ》ちを鮮やかに浮き上がらせた。白く光った繊細《せんさい》な横顔のラインが苦悩を描いているように見えたのは、錯覚《さっかく》だろうか。

やがて穂積は長いため息を落とした。

「月曜から、出張で留守にしとったんや。帰ってきたんは今日の夜」

周平から視線をそらしたまま、渋々話し出す。

「一応管理人さんに言うてったから挨拶に行った。そんときに夜中にずっとマンションの前に男がおって気味悪いて、何人かから苦情受けたて聞いてん。黒いニットの帽子かぶったガタイのええ男で、ひょっとしたら強盗ちゃうかて言うてはって、その男がおまえやてわかった」

何だ、出張だったのか……。

ほっとすると同時に、マンションの住人に怪しまれていたと知って苦笑が漏れた。物騒《ぶっそう》な事件が多い昨今《さっこん》、警戒されても仕方がない。

「それで気になって会いに来てくれたんだ」

嬉しさを隠し切れず、自然と弾《はず》んだ口調になってしまった。

しかし穂積はぶっきらぼうに答える。

「またマンションの前に立たれたら迷惑やからな」

「ほんとに迷惑だったら、通報でも何でもすりゃよかっただろ」

「未来あるガキを前科モンにするんはちょっと」

「穂積」

ごまかすな、という意味を込めて呼ぶ。

すると彼は、またため息を落とした。アスファルトに視線を落とし、不機嫌そうに石を踏みつける真似をする。どこか子供じみた仕種をじっと見守っていると、独り言を言うようなつぶやきが聞こえてきた。

「……俺もどうかしてんねん。いくらエツオと別れたからって、これやったら俺自身があのアホと同じになってまう」

「別れたのか？」

驚いて問うと、穂積はちらともこちらを見ずに答えた。

「あいつは絶対別れへんとか、女とは別れるとか、何やかや言うとったけど、もう知らん。俺は別れるてはっきり言うた」

「いつ」

「日曜」

「何で別れたんだ」

「何でて、面倒《めんどう》になったからや。来る言うて来んかったり、女に怒鳴り込まれたり、もうあいつに振りまわされるんはごめんや」

「それだけか？」

すかさず問い返すと、穂積は口を噤んだ。

きっとそれだけではないのだろう。今し方、俺もエツオと同じになってしまうと言った。恐らく穂積は、エツオと付き合っている間にも、少しは周平に惹《ひ》かれていたのだ。自《みず》ら腐《くさ》れ縁《えん》だと言ったエツオと別れたことと、周平の告白が無関係だったとは思えない。

——穂積も、俺が好きなんだ。

同じ温度ではないかもしれないが、特別に想っている。

今まで経験したことのない熱い気持ちが湧きあがってくるのを感じていると、穂積が小さくつぶやいた。

「二股《ふたまた》かけとったエツオと同じようなこと言う奴なんか、信じられんのに」

「信じろよ」

考えるより先に、周平は強く言った。

すると穂積はゆっくり顔を上げた。そしてまっすぐこちらを見つめてくる。

どこか途方に暮れたような表情は、初めて見るものだ。ズキリと胸が痛む。

「どうやって信じるねん」

至極《しごく》冷静に問い返されて、周平は言葉につまった。

まさに今、正直に自分の想いを口に出したというのに、穂積には響かなかったのだ。

当然だろう。エツオは言い訳と出まかせが得意な男だった。穂積はそれを何度も信じて、何度も裏切られてきたに違いない。言葉は無意味だ。

それでもまだ、周平が最初から誰の代わりでもなく、穂積その人を好きになったのなら、信じられたかもしれない。

けど俺は、最初から穂積を好きなわけじゃなかった。身代わりにした。

「どうやったら信じてくれる？」

穂積が信じてくれるのなら、何でもする。

そう思って真摯《しんし》に問うと、穂積は眉を寄せた。

「わからん」

ぽつりと投げ出された簡潔《かんけつ》な返答に、周平はたたみかけた。

「さっき、俺は智良さんと一緒にいたけど穂積を追いかけた。それじゃだめか？」

「許してくれるて確信が持てる奴は放っといて、許してくれんかもしれん奴追いかけて言い訳する。エツオの常套手段《じょうとうしゅだん》や」

厭味《いやみ》ではなく、事実を告げる淡々《たんたん》とした口調に、奥歯をかみしめる。

エツオ。またエツオか。

穂積は十代の頃からずっとエツオと付き合ってきたのだ。知り合ってたった半年の自分が、彼の中にあるエツオの存在を消せるわけがない。――いや、何年経《た》っても消すことはできないだろう。過去が消えてなくならないのと同じだ。

焦《あせ》るな。時間はたっぷりある。

わかった、と周平は頷いた。

「好きだって言ってから、まだ一週間も経ってねぇもんな。急にいろいろ言って悪かった。すぐ信じてもらおうって方が甘いよな」

想いを込めて穂積を見つめると、穂積も視線をそらすことなく見つめ返してきた。

それだけでも嬉しい。彼が周平との関係を、前向きに考えている証拠だからだ。

「これからは、普通に会ってくれ」

「普通て」

「一緒に飯食ったり酒飲んだり話したり、そういうこと。休みの日に、穂積が行きたいとこへ行くのもいい」

「セックスは？」

短く問われて、周平は初めて二週間近くセックスをしていないことに気付いた。特にこの一週間ほどはいろいろなことがありすぎて、それどころではなかったのだ。

しかし目の前の穂積を見ても、抱きたい欲より、好きだという気持ちの方が勝《まさ》る。欲望は自分で処理をすれば済むが、穂積への想いは自分一人ではどうにもならない。応えてもらいたい。愛し合いたい。

「穂積がしたいならする。したくないならしない」

きっぱり言うと、穂積は顔をしかめた。

「おまえがしたいときはどないすんねん」

「同じだよ。穂積がしたいならする。したくないなら我慢する」

「我慢して他の奴とすんのか」

「しない。自分でする。けどその場合は穂積をオカズにするけどな」

周平は真面目に返した。

穂積は呆気《あっけ》にとられた表情でこちらを見つめてくる。

次の瞬間、彼は噴き出した。今までの真剣さが嘘のように、派手《はで》に笑い出す。

……何だよ、楽しそうじゃねぇか。

「そんなに笑うことないだろ」

なかなか笑いやまない穂積にむっつりとして言うと、すまん、と彼は謝った。笑いを収めてひとつ大きく息を吐き、改めてこちらに向き直る。

「わかった。一緒に飯食うて酒飲んで話しよう」

いつものさっぱりとした口調に戻った穂積にほっと息をつくと、ただし、と彼は付け足した。

「セックスはせん」

少しのためらいもなく告げられて、周平は瞬きをした。

「セックスしなくていいのか？」

「ああ」

「じゃああんたがしたくなったときはどうすんだ。他の奴とすんのかよ」

最後の、よ、を発すると同時に腿《もも》を蹴《け》られた。予備動作なしの素早《すばや》い蹴りに、いって！　と思わず声をあげる。土曜日に蹴られたときとは違って、あまり力を入れていなかったようだが、何しろ革靴だ。

「靴で蹴るな！」

「やかましい。俺も誰ともせん」

「……ほんとかよ」

「もういっぺん蹴られたいか？」

わざとらしく脚を振りかぶった穂積に、わかったよと慌てて応じる。

「信じるから蹴るな。いってぇなもう……」

小さくぼやいて、靴跡がうっすら残ったジーンズの上から腿をさする。

その仕種を穂積が見ているのがわかった。視線に含まれたあたたかさが伝わってくる。今はまだ信じられなくても、これから信じてみようと決めてくれたようだ。

よかった、と周平は心底安堵《あんど》した。

手に入れることはできなかったが、失うことはなかった。

失わずに済んだのだ。


「……ただいま」

小さく声をかけ、周平はそっと玄関のドアを開けた。

時刻は既に深夜の二時をまわっている。穂積とは、日曜の午後に会うことを約束して別れた。周平はマンションまで送ろうと申し出たのだが、俺は女やない、どうとでもして帰るわ、と笑い飛ばされ、結局、送らずに帰ってきたのだ。

智良さん、さすがに寝てるよな……。

明日は金曜だ。会社員の智良には仕事がある。どんなにショックな出来事に遭遇しても、眠って休まなければいけない。

足音を立てないように中へ入った周平は、キッチンから明かりが漏れていることに気付いて息を飲んだ。

やましいことは何もない。同性を好きになることは罪ではない。

でも俺は、カノジョって言った智良さんの言葉を否定しなかった。

意図的に嘘をついたつもりはなかったが、親身になって心配してくれた彼を欺《あざむ》いた。その点は、謝らなくてはいけない。

大きく深呼吸した周平は、キッチンへと続くドアを開けた。

全身がほどよく暖められた空気に包まれると同時に、おかえり、と声がかかる。

智良はテーブルに腰かけていた。シャワーは浴びたらしくパジャマの上にカーディガンを羽《は》織《お》った格好だが、背筋はきっちりと伸びている。眠らずに待っていたらしい。

怒ったり嫌悪したりはしていないようだが、いつもの穏《おだ》やかな雰囲気はなかった。凍えるように寒い外とは違って、天国のように暖かい部屋なのに、ひんやりとしたものが漂っている気がする。

「座って」

正面の席を示されて、周平は頷いた。帽子とマフラーをとり、腰を下ろす。

「待っててくれたんだ。明日も仕事なのにごめん」

頭を下げると、智良が小さく息を吐く音がした。

「仕事より大事なことやからな」

つぶやくように発せられた言葉に、やはり嫌悪はなかった。感じられるのは困惑である。罵《ば》倒《とう》したり無視したりしないだけ、智良は優しいのだろう。

ゆっくり顔をあげると、智良と目が合った。

「単刀直入《たんとうちょくにゅう》に聞くわな。周平が好きな人て、さっきの男の人？」

静かに問われて、そう、と周平は頷いた。

周平があっさり認めたことが意外だったのか、智良は黙り込んだ。この場に相応《ふさわ》しい言葉を必死で探している気配がする。

智良が言葉を見つける前に、周平は再び謝った。

「穂積が男だって黙っててごめん」

や、と智良は慌てたように手を横に振った。

「それはまあ、な。普通に考えたら言いにくいやろうからアレやけど。ええと、あの人、周平よりだいぶ年上やんな？」

「七つ上」

「えと、何してる人？」

「会社員」

そか、と頷いた智良は、それきりまた黙ってしまった。智良にしては珍しく、視線があちこちに飛ぶ。聞くべきか、聞かざるべきか、悩んでいるのがわかる。

「あの、な、周平」

「うん」

「おまえ、ゲイなんか？」

思い切った風に尋ねられて、周平は首を傾《かし》げた。

「いや、女も抱けるからバイだと思う」

「えっ、そしたら女抱けるのに男好きになったんか？」

正直にうんと頷くと、智良は一瞬、口を開けた。何か言いかけたものの声にならず、口を閉じる。理解できなくて戸惑っているのが、はっきりとわかった。

男しかだめならともかく、女も抱けるのになぜ、と考えているのだろう。ノーマルの男として当然の反応だと思う。ましてや周平は、義理とはいえ弟なのだ。

家族になった人間が同性を好きって、普通に考えたら嫌だろう。

そもそも、幼い頃から共に暮らしてきた兄弟とは違う。親の都合で兄弟になって一年半。一緒に暮らして約八ヵ月。信頼関係はまだ薄い。多恵子《たえこ》のことや父のことも、頭をよぎっているに違いない。もっとも、本当の兄弟だからといって、弟が同性に恋愛感情を抱いている現実を受け入れられるとは限らないけれど。

うーん、とうなった智良は、頭をかいた。

「別れることはでけん、よな」

遠慮がちな問いかけに、うんとまた頷く。

「穂積が好きなんだ。男とか女とか関係なしで、他の誰でもだめなんだ」

落ち着いた口調で言い切ると、智良は眉間に皺《しわ》を寄せた。そしてなぜか、ごめん、と小さな声で謝る。

「何で智良さんが謝んの」

「周平がホヅミちゃ……、ホヅミさんのこと、めっちゃ好きやてわかってんのに、別れるとか言うてしもて」

本当に申し訳なく思っているらしい智良に、周平は瞬きをした。我知らず頬が緩《ゆる》む。

智良さんが優しいのは表面だけじゃなかった。

不謹慎だが、嬉しかった。この人が父の再婚相手の息子で本当によかったと思う。

「いいよ、そんなの。受け入れられる人の方が珍しいと思うし」

静かに言って、周平は智良を見つめた。

「ごめん、智良さん。穂積とは別れられないんだ。俺と一緒に暮らすの嫌だと思うけど、俺、まだ学生だから。就職したら出てくからそれまで我慢してくれる？」

目を丸くした智良は、慌てたように答えた。

「我慢てそんなん。ここ周平のうちやろ。おまえが出てくことなんかない」

「じゃあもし智良さんが出ていきたいんだったらそうしてよ。親父とお母さんには生活時間が合わないって言えばいいし、そうなったら俺と会わなくていいし」

「周平」

智良が強い語調で呼んだので、周平は口を噤んだ。

「ここは僕のうちでもあるて、おまえがそう言うてくれたんやぞ。せやから出てったりせんし、おまえと会わんようにもならん」

きっぱり言われて、今度は周平がごめんと謝った。

しん、と沈黙が落ちた。どちらからともなく視線をそらす。

視界の端に、智良が何か言おうと息を吸い、しかし結局唇を引き結ぶ、という仕種をくり返す様子が映った。きっと様々な葛藤《かっとう》に苛《さいな》まれているのだろう。

智良を困らせているというのに、穂積への気持ちが揺らぐことはなかった。そのことに不思議な感慨《かんがい》を覚える。

俺はほんとに穂積が好きなんだ。

「……とりあえず明日、てもう今日か。仕事あるし、僕寝るわ」

気持ちを整理しきれていないとわかる口調で言って、智良は立ち上がった。歩きかけて椅子に足をぶつける。さすがに痛かったらしく、いて、と彼は声をあげた。

「大丈夫?」

思わず尋ねると、慌てたように笑う。

「大丈夫大丈夫。おやすみ」

足を引きずって歩き出した智良に、おやすみ、と返す。

彼がキッチンを出てゆくのを、周平は腰かけたまま見送った。

明日からはきっと、今までと同じようには暮らせないだろう。今は話してくれたけれど、明日の朝には避けられるかもしれない。

それでも仕方がない。

穂積を好きな気持ちを消すことはできないし、消そうとも思わないからだ。

「どうぞ」

穂積《ほづみ》の目の前に皿を置いてやると、ふわー、と彼は妙な声をあげた。

「おまえ、器用やなあ」

「どこが」

「どこがてこれ」

穂積は皿を覗《のぞ》き込《こ》んだ。ほかほかと湯気《ゆげ》をたてているのは、何ということはない、ただの焼うどんである。

穂積のマンションの冷蔵庫にあった使えそうな材料は、冷凍のうどん玉としなびたキャベツとピーマンぐらいで、このメニューしか作れなかったのだ。

「見た目は百点や」

「そりゃどうも」

礼を言って、穂積の正面に腰かける。うどんの上でカツオブシが騒ぐ様を、さも嬉しそうに見つめるのがおかしい。

「穂積、せめて米ぐらい炊《た》いとけよ。ろくなもん作れねぇだろ」

「俺自炊せんからな」

日曜日の午後、約束の時間にマンションを訪《たず》ねると、穂積は眠そうな顔で出迎えてくれた。

土曜日も出勤した上に、帰りが深夜になったらしい。さっき起きたばかりで何も食べていないと彼が言うので、何か作ってやると申し出た。穂積は目を丸くしたものの、素直に頷いた。

今まではすぐにベッドへ行くのが常だったから、トレーナーとジャージ姿の穂積の後についていて、まずキッチンに入ったときには、不思議な気分だった。

ちなみに智良《ともよし》とは、木曜の夜に話して以来、まともに顔を合わせていない。年末が近付いてきたせいだろう、彼も仕事で忙しいのだ。今日も日曜だというのに、朝早くに出勤した。代わりに明日が休みらしい。

ただ、朝夕の挨拶《あいさつ》はしっかりしている。ぎこちなさは感じるが、避《さ》けられてはいない。

「料理作るいうても湯ぅ沸《わ》かしてカップ麺《めん》作るぐらいで、ほとんど外食とコンビニや」

穂積の言葉に、周平《しゅうへい》はあきれた。

「カップ麺作るのは料理じゃねぇだろ。つかそんな食生活してたらいつか体壊《こわ》すぞ」

「オカンみたいなこと言うな。いちいち作るん面倒《めんどう》なんや」

ぶっきらぼうに言った穂積は、いただきます、とそれでもきちんと手を合わせた。箸《はし》をとり、早速《さっそく》うどんを頬張《ほおば》る。周平の料理の腕を信用しているのか、あるいはもともと味にうるさいタイプではないのか、なかなか豪快《ごうかい》な食べっぷりだ。

咀嚼《そしゃく》する様子を見守っていると、穂積は飲み込む前にこちらを見て、うんうんと何度も頷いた。旨《うま》かったらしい。

周平は思わず笑った。食べるときはやけに素直だ。

まあ、腹が減ってりゃ誰でもそうか。

思い返せば、穂積が食べているところをまともに見るのは初めてだ。一緒に食事をとったことがないのだから当然だが、飲んでいるところは見たことがあっても、食べるところは見たことがない。最初に穂積が居酒屋へやってきたときは忙しく立ち働いていたし、前にレストランで遭遇《そうぐう》したときも、穂積たちの料理が来る前に店を出たので見ていなかった。

嬉しそうに食べ進める穂積を、目を細めて見つめる。

「自炊しねぇのに何でピーマンとかキャベツがあんの？　調味料も道具もそれなりにそろってるし」

「姉ちゃんがときどき、ダンボールでいろんなもん送って来んねん」

「お姉さんいるのか」

「家族ん中で俺がゲイやて知ってんのは姉ちゃんだけや。そんでも弟は弟やて、変わらんと接してくれる」

ふうん、と頷く。姉がいるなんて初耳だ。

周平は智良のことを話す際に、自分が一人っ子であることも、幼い頃に両親が離婚したことも話した気がする。

「マジで旨いわ。周平、おまえ料理うまいな」

「だから別にうまくねぇって」

ただ炒《いた》めただけの簡単な手料理をこんなに褒《ほ》められるなんて、思ってもみなかった。そういえば作っている最中も、座って待っていろと言ったのに、物珍しそうに様子を見に来た。

「エツオには作ってもらったことなかったのか？」

純粋に疑問だったので、つい尋ねてしまったものの、エツオのことは聞かない方がよかったかと内心ハッとする。

が、うどんを頰張っていた穂積は、怯《ひる》む素振りもなく首を横に振った。

「ないな。あいつはほんま、自分からは何もせん奴やった」

「そんな奴のどこがよかったんだよ」

優柔不断だわ二股《ふたまた》かけるわ、飯は作れねぇわ。最悪じゃねぇか。

穂積のあっさりとした態度に安堵《あんど》して問うと、さあなあ、と彼は逆の方へ首を傾《かし》げた。

「ぶっちゃけここ一年ぐらいは、好きなんか憎いんかようわからんかったわ。前も言うた思うけど、完全な腐《くさ》れ縁《えん》やな」

ひとつ頷いた穂積は深刻になるでもなく、かといって懐かしむでもなく、淡々と続ける。

「最初は俺に頼ってくるんがかわいいっちゅうか、放っとけへんかってん。大学んときの俺にとっては、あいつの優柔不断が幸いしたんや」

「幸いって？」

「俺が好きやてコクったとき、ゲイやなかったのに簡単に受け入れよったんや。俺はおまえに側《そば》におってほしい。付《つ》き合《お》うたら俺の側におってくれるんやろ。それやったら付き合いたい。そういう風に言われて舞い上がったん覚えてる。あいつが俺を頼ってくる度《たんび》に、こいつには俺が必要なんや、俺やないと面倒みきれん思《おも》て、それが嬉しかった」

「……それって何か歪《ゆが》んでねぇ？」

恋人同士の関係性はそれぞれだとは思うが、今聞いた話は不自然に感じられる。

すると穂積は否定することなく、首を縦《たて》に振った。

「歪んでたかもな。俺も若かったし、エツオは初めてできた男やったから、目がくらんでたかもしれん」

ふうん、と頷いた周平は、頰が緩むのを感じた。穂積はエツオとの関係を、既に過去のものとして整理し始めているようだ。むきになったり、感傷的《かんしょうてき》になったりしないのが、その証拠である。

過去になってんだったら、それでいい。

穂積の今とこれからは、俺のものだ。

そんなことを思いながら、あらかじめ入れておいた茶を飲む。

「面倒はみてやっても、飯を作ってやったりはしなかったんだ。穂積、器用そうなのに料理できないって意外だな」

「俺は基本ズボラや」

「でも部屋はきれいにしてるじゃん」

「掃除はまあまあ好きやねん」

答えた穂積は、ふいに小さく笑った。

「何？」

短く問うと、いや、と彼は首を横に振る。それ以上は何も言わなかったが、きっと周平が作ったものを食べながら、ごく普通の会話をしていることがおかしかったのだろう。散々《さんざん》体を重ねた後のプラトニックなやりとりが不思議だったのかもしれない。

今更。――そう思う一方で、嫌だと思っていないことは、リラックスした様子から伝わってくる。

「周平、ビール」

三分の一ほど食べたところで、穂積が言った。

「ああ？　昼間から飲むのかよ」

「ええやろ、休みなんやから。ビールが飲みたなる味つけしたんはおまえやないけ。おら、ぼさっとしてんととってこい」

テーブルの下で足を軽く蹴《け》られた。この男は本当に口より手、もとい足が先に出る。

わかったよ、と周平は立ち上がった。

「俺もビールもらっていいか？」

「自転車はどないすんねん」

「歩いて帰るよ」

笑って答えて、冷蔵庫から缶ビールを二本取り出す。

テーブルに戻り、一本を差し出すと、穂積は嬉しそうに受け取った。

「悪いな」

珍しく礼らしき言葉を言ってプルトップを起こした穂積は、早速ビールをあおる。白い喉《のど》がゆっくり上下するのが見えて、周平はさりげなく目をそらした。ついでに自分の手元の缶ビールを開け、一口あおる。

不自然に見えてなきゃいいけど……。

焼うどんをつまみに缶ビールを飲む、ジャージの男。

普通に考えると華の欠片《かけら》もない枯《か》れた光景だが、穂積はもともと色気のある男だ。休日のリラックスした姿だというのに、着古してよれたトレーナーの首元から覗《のぞ》く鎖骨《さこつ》や、咀嚼する度に動く鋭い顎《あご》のライン、すんなりと伸びた長い指に、独特の艶《つや》がある。二週間以上セックスしていない身にとっては、少々目に毒だ。

ていうか俺が穂積を好きだから、余計に色っぽく見えるのかも。

「おまえ、さりげなく万能《ばんのう》やな、周平」

穂積のおもしろそうな口調に、ちらと彼を見遣る。

その口調と同じ、おもしろがる視線を向けられ、周平は眉を寄せた。

「さりげなくって何だよ」

「飛び抜けて目立つわけやないけど、何でも器用にこなす。俺はおまえがアイロンがけが得意やて聞いても驚かん」

穂積は休みなくうどんを頬張り、缶ビールをあおる。

よく食べ、よく飲む。タフなわけだ。

「得意ってわけじゃねぇけど、まあ、できないことはないよ」

「マジでか。どこでそんな花婿修行《はなむこしゅぎょう》してん」

「花婿ってそんな大仰《おおぎょう》なもんじゃねぇよ。おふくろが遊び歩いてて、ほとんど家事しなかったからな。親父とおふくろが離婚する前も、自分でやらなきゃいけないことが多くて、気が付いたら大概《たいがい》のことは自分でできるようになってた」

そこまで何気なく話してから、周平は慌てて口を噤んだ。事実をありのまま言っただけだが、人によっては不幸自慢と思うかもしれないし、単純に不快に思うかもしれない。あるいは同情するか。周平自身はどれも望まなかったから、女性にも友人にも、幼い頃の話はしたことがなかった。

しかし穂積は箸を止めることなく、ふうんと頷く。

「そら大変やったな。けどまあ今、こうやって焼うどん作ってもらえるし。とってこい言うたらビールとってきよるし打たれ強いし。俺としてはよかったわ」

あっさりとした物言いに、周平は瞬《まばた》きをした。智良のように、親身になって心配してるわけではない。聞きようによっては自己中心的ともとれる発言だ。

しかし一歩引いた、近すぎない距離が逆に心地好《ここちよ》かった。

「打たれ強いのと、家事ができるのとは関係ないけどな」

わざとため息まじりに言うと、穂積は楽しげに笑った。周平もつられて笑う。

こんな風に屈託《くったく》なく笑うのも、初めてかもしれない。

「うちのオカンもよう家事の手抜きしとったわ。オトンも大概《たいがい》テキトーな感じやったから許されとったんやろな」

「そうなのか？」

「うん。俺と同じでズボラなんや。姉ちゃんの誕生日が十二月十日で、俺の誕生日が一月十日なんやけど、どっちもクリスマスに近いからて、クリスマスにまとめて祝いよんねん。祖父《じい》ちゃんとか祖母《ばあ》ちゃんにはちゃんと誕生日にプレゼントもろたけど、うちでは誕生日にケーキもプレゼントも買《こ》うてもろたことない」

どこか懐《なつ》かしげな口調に、彼が言葉ほどそのことを気にしているわけではないとわかる。むしろいい思い出なのだろう。

周平は微笑《ほほえ》んで、へえ、と相づちを打った。

「一月十日と十二月十日か。どっちもクリスマスから遠くはねぇけど、一緒にするには無理がある気がするな」

「せやろ。一回めっちゃごねたら、俺の誕生日まで姉ちゃんの誕生日もクリスマスも延期されて、肝心《かんじん》のクリスマスは完全スルーや。しかも正月にクリスマスツリー出したもんやから、遊びに来た従兄弟《いとこ》にごっつ不思議がられた」

正月飾りと共に飾られたツリーを見て不思議がる従兄弟と、自分が言い出したことなだけに、決まり悪げな子供時代の穂積が想像できて、笑ってしまう。どうやら穂積は賑《にぎ》やかで幸せな子供時代をすごしたようだ。

とはいえ、彼がゲイであることを知っているのは姉だけだと言っていたから、ただ賑やかなだけではないのだろう。

エツオのことだけでなく、この男は様々な葛藤《かっとう》を抱えている。

「何かちょっとおもしろいな、それ」

明るい口調で言うと、まあな、と穂積は頷いた。

「おもろいのはおもろかったな。三つのイベントまとめてる分、めちゃめちゃ派手やったから。その日だけは夜中まで起きてても怒られへんかったし」

ふうん、と周平は頷いた。自分の頬がいつになく緩んでいるのを感じる。

他愛《たわい》ない話自体も楽しかったが、屈託《くったく》なく話す穂積を見るのが、何より楽しかった。

「そしたらまた、来週の日曜な」

スニーカーを履《は》き終《お》えて振り向くと、ああ、と穂積は頷いた。

腕を組み、壁に肩を預けている彼を見上げる。

「ほんとに今日みたいに、うちですごしていいのか？　出かけたいんだったらそう言えよ」

「ほんまに今日みたいでええ。けど昼飯は焼うどんとちゃうもんが食べたい」

穂積の中では、来週も周平が昼食を作ることが既に決まっているらしい。当然の如《ごと》く要求され、わかったよ、と周平は苦笑しつつ頷いた。

時刻は午後八時。今まで午後いっぱい、どこへ行くわけでもなくマンションですごした。

まず、穂積がうどんを食べ終えるのを待って、彼が録画しておいた映画を一緒に観《み》た。周平も興味があった映画だったので楽しんで観たのだが、観賞後の感想が穂積と違っていて、ああだこうだと言い合いをした。その後、夕飯の出前に何をとるかで揉《も》め、ようやく寿司に決めた。それからまた映画の話を蒸し返して、喧喧囂囂《けんけんごうごう》と言い合いつつ、二人で寿司をつまんだ。そしてつい先ほど、来週の日曜にも会う約束をしたのだ。

全部の会話を十とすると、七は言い争っていた気もするが、時間が経《た》つのがやけに早かった。

それだけ楽しかったということだろう。

しかし、穂積には指一本触れていない。穂積のマンションを訪ねて、彼に一度も触れずに帰るのは初めてだ。

まあ、俺は穂積に何回か蹴られたけどな……。

「じゃあな、おやすみ」

背を向けかけると、周平、と呼ばれた。

振り返ると同時に、いきなり顎《あご》をつかまれる。穂積より周平の方が背が高いが、穂積が一段上にいるせいで、わずかに見上げる形になった。

「何」

尋《たず》ねた唇に、穂積の唇が重なる。

が、柔らかな感触を味わおうと目を閉じる間もなく、すぐに離れてしまう。

唇だけでなく顎をつかんでいた指も離れ、周平は眉を寄せた。一週間ぶりに触れるのに、軽いキスだけでは物足りない。

「もう終わりかよ」

不満を隠さずに言うと、穂積は顔をしかめた。

「何じゃその言い草。せっかく俺からキスしたったのに、もっと感動せんかい」

「だって足りねぇもん」

「だってとかもんとか言うな。こんなときだけ年下ぶりやがって」

あきれたように言った穂積に、軽く肩を押される。

「ほら、帰れ」

「もう一回してくれたら帰る」

「せやからこんなときばっかり年下の顔すんなっちゅうの。だいたい、そのツラでやられてもキショイだけや。俺はもうやりたない。俺がしとうなかったらせんのやろ」

しれっと言われて、周平は言葉につまった。確かに、穂積がしたくないならしないと言った。こちらを見下ろしてくる端整《たんせい》な面立ちには、不遜《ふそん》な表情が映っている。おもしろがってはいるようだが、名残惜《なごりお》しさは感じられない。

でも穂積らしいって言えば穂積らしいのか。

周平はため息を落とした。

「わかった。帰る」

「気ぃ付けてな」

穂積はひらひらと手を振った。

じゃあな、と軽く手を振り返して、今度こそ部屋を出る。

ふと肩越しに振り向くと、閉まる直前のドアの隙間から穂積が見えた。周平が背を向けた時点で中へ入ってしまったと思っていたが、彼は玄関に立ったままだった。

パタン、と静かに閉まったドアを、瞬きをして見つめる。

見送ってくれたんだよな……？

穂積のマンションのドアの鍵はオートロックだ。だからドアが閉まるのを待っている必要はない。実際、ただのセックスフレンドだったときは、玄関先まで見送りに来ることすらしなかった。

それが今日は、周平の姿が見えなくなる瞬間まで、穂積の意志でその場に留まってくれたのだ。顔には出ていなかったが、名残惜しさを感じてくれていたのだろう。

ていうかキスしてくれたことそのものが、名残惜しいってことだったんだな、きっと。

……わかりにくいんだか、わかりやすいんだか、よくわかんねぇ。

頬が緩むのを感じながら、周平は歩き出した。足元から凍えた空気が這い上がってきたが、少しも気にならない。

幸せだ、と思う。

穂積の心が、確実にこちらに傾いてきているのがわかる。

それだけで幸せだ。

今日は金曜で、明日は土曜日。明後日《あさって》がようやく日曜だ。

穂積《ほづみ》と一緒にいるときはすぐ時間がすぎたのに、会えないときは何でこんなに時間が経《た》つのが遅いんだ。

周平《しゅうへい》は歩きながらため息を落とした。日は既に沈み、辺りは夕闇に包まれている。が、駅からマンションまでの道沿いは、赤と緑の飾りつけがあちこちに施《ほどこ》され、明るく輝いていた。十二月に入ってクリスマス商戦が本格化した証拠だ。

穂積との約束の日が、今ほど待ち遠しかったことはない。セックスフレンドだったときでも、これほど待ったことはなかった気がする。

今日まで穂積には何度かメールを送った。今度は昼飯何食べたい？ と送ると、オムライス、とすぐにメールが返ってきた。俺が行く前に飯炊《た》いとけ、でないとすぐには食えないぞ、と送ったら、命令すんな、と短い返信があった。それだけで終わりかと思ったが、下にスペースがたくさんあったので、画面をスクロールした。やがて現れたのは、炊いとく、という一言だった。それを見て、周平は笑ってしまった。素直に入力するのが癪《しゃく》だったのだろう。絵文字など入っていない、素っ気ないメールのやりとりだったが、楽しかった。

早く明後日《あさって》になんねぇかな。

そんな子供じみたことを考える自分にふと笑った周平は、大きなビルに挟《はさ》まれた小さな建物に目をとめた。

一階にあったのは小さなケーキ屋だった。以前は空《あ》き店舗《てんぽ》になっていたから、最近オープンしたのだろう。特別甘いものが好きなわけではないので気付かなかった。

ドアの横に立てられた小さな黒板に、クリスマスケーキ受付中、とチョークで書かれていた。脇にサンタクロースとトナカイの絵も描かれている。

周平は我知らず足を止めた。

そういや穂積、一月十日が誕生日だって言ってたっけ。

クリスマスと誕生日を一緒にして祝われていたと言っていたから、クリスマスにも誕生日にも、ちゃんと別々にケーキを贈ってみようか。

そんなことを考えていると、軽やかな鐘の音と共にドアが開いた。見覚えのある女性二人が、賑《にぎ》やかに話しながら出てくる。語学で同じクラスの女性だ。彼女らの手には小さな箱が提《さ》げられている。

店の前にいる周平に気付いた二人は、わ、と声をあげた。

「荒谷《あらや》君じゃん。何やってんの？」

「まさかここのケーキが美味《おい》しいって噂聞いて、わざわざ来たとか？」

口々に話しかけてきた彼女らの目は丸くなっていた。周平の鋭《するど》い容貌《ようぼう》と、甘いケーキが結びつかないらしい。

「や、この近くに住んでるだけ。ここのケーキ旨《うま》いの？」

苦笑して問い返すと、うん、と二人は大きく頷いた。

「凄《すご》く美味しいよ。おすすめ」

「焼き菓子もあってね、それも凄く美味しいんだ」

二人ともケーキ好きらしい。ニコニコと笑みを浮かべて褒《ほ》める。

そういや穂積って甘いの好きなんだっけ、苦手なんだっけ。

そんなことすら、まだ知らない。

明後日《あさって》会ったら聞いてみるか。

「この店、誕生日のケーキも予約できるのかな」

周平の問いに、彼女らは顔を見合わせた。

「できるんじゃない？　ねえ」

「うん。私この間、頼んでる人見たから大丈夫だと思うよ」

そこまで勢いよく言ってから、一人が遠慮がちに尋《たず》ねてくる。

「ひょっとしてカノジョのバースデーケーキ？」

ああ、まあ、と曖昧《あいまい》に返事をすると、二人はまた顔を見合わせた。やっぱりねー、という風に頷き合う。

「ここのケーキだったら間違いないから」

「カノジョもきっと喜ぶよ」

じゃね、と二人は笑顔で周平に手を振り、駅の方へ歩き出した。

ほら、やっぱりカノジョいるんじゃん、いないって言ってたの誰よ。

二人がかわす会話が、かろうじて聞き取れる。来週には、荒谷周平にはカノジョがいると噂が広まっているかもしれない。

カノジョじゃねぇし、恋人にもなれてねぇけどな。

改めて店を見上げた周平は、中へ入ることなく歩き出した。

注文するには情報が足りない。甘いものが苦手なら、苦手な人でも食べられるケーキを注文しなくてはならないし、好きなら、何が一番お気に入りかを聞いておきたい。それらを穂積に尋ねてから改めて、来週の月曜にでも来ればいいだろう。

とりあえずケーキのことは、穂積には言わないでおこう。

クリスマスに贈って、年が明けた一月十日に、またケーキを贈ったら、彼はどんな顔をするだろうか。

アホちゃうか、とあきれるかもしれない。あんなもんガキの頃の話や、と興味のなさそうな顔で突き放すかもしれない。

でもどっちにしても、ケーキはがっつり食うんだよ。

そんな想像をしただけで、足取りが軽くなる。

マンションが建つ通りに入ると、途端に行きかう人が絶えた。それをいいことに口許《くちもと》を緩《ゆる》ませたそのとき、背後で車が止まる音がする。間を置かず、バン！　と乱暴にドアを閉める音が聞こえてきた。

辺りの建物に響くほどの大きな音を不審に思って、周平は振り返った。

刹那《せつな》、いきなり襟元《えりもと》につかみかかられる。

「っ！」

わけがわからないまま相手の腕を引《ひ》き剝《は》がそうとするが、胸倉《むなぐら》を強く押されて上体が後ろに倒れた。体勢を立て直す間もなく、ビルの壁に背中を押しつけられる。

したたかに打ちつけた肩の痛みに顔をしかめつつも、周平はどうにか胸元をつかんでいる人物を確かめた。

眦《まなじり》がわずかに下がった二重《ふたえ》の双眸《そうぼう》。隆《たか》い鼻筋。一昔前の映画俳優を思わせる、彫《ほ》りの深い顔立ち。――エツオだ。

しかし記憶の中にある彼の顔と、今、目の前にある顔は随分と違っていた。目の下に隈《くま》が浮いている。顔色も悪い。何より、血走った目がギラギラと光っているのが異様だ。前に見た、この男が二股《ふたまた》をかけていた女の顔と似ている。

何でこいつがここにいるんだ。

「おまえのせいや、おまえのせいやぞ。おまえさえ、おらんかったら……！」

低い声で言われて、周平は眉を寄せた。

あいつは絶対別れへんとか女とは別れるとか、何やかや言うとったけど、もう知らん。俺は別れるてはっきり言うた。

穂積の言葉が耳に甦《よみがえ》る。

「……バカか。おまえが、捨てられたのは、おまえのせいだ」

首をしめつけられているせいで、切れ切れにしか話せない。

するとエツオはカッと目を見開いた。

「違う！　おまえが出てくるまではうまいこといってたんや！　何も問題なかった！」

「ほんとに、問題なかったら……、穂積は、俺と出会ってない」

「うるさい！　おまえのせいや、おまえさえおらんかったら！」

エツオは力まかせに胸元をしめあげてくる。周平の言葉など、最初から聞く気はないのだろう。穂積に完全に拒絶され、今までにない事態にどうしていいかわからず、八つ当たりしに来ただけだ。

そう分析できるだけの冷静さが、周平にはあった。エツオの常軌《じょうき》を逸《いっ》した様子にも、なぜか恐怖を覚えない。そのかわり腹の底から湧《わ》き上《あ》がってきたのは、激しい怒りだった。

まだ人のせいにするのか、こいつは。

「放せ！」

周平はエツオを突き飛ばした。するとエツオの手は意外にもあっさりはずれる。勢い余って、彼は更に数歩後ろへ下がった。そのまま、ドスンとアスファルトに尻をつく。

周平は肩で息をしながら、エツオを見下ろした。

この寒空に、彼は上着を着ていなかった。車で来たからかもしれないが、セーターにジーンズといった軽装《けいそう》だ。革靴ではなくスニーカーを履《は》いている。どうやら仕事帰りというわけではないらしい。――恐らく仕事どころではないのだろう。

「いい加減にしろよ。二股かけてた、おまえが悪いんだろうが」

低い声で言うと、エツオは何事かをつぶやいた。声が小さすぎて聞こえなかったので、何、と問い返す。

すると彼は唐突に怒鳴った。

「別れたわ！　リナとは別れた！」

「……マジかよ」

信じられなかった。この男が、自分の意志で女と別れたとは思えない。

しかし、ほんまや！　とエツオは吠《ほ》える。

「リナとは別れたのに穂積は別れるて言う。俺の言うこと、全然聞いてくれん。今まで、こんなことなかったんや。俺が頼んで、穂積がうんて言わんことなかった。俺の言うことやったら、何でも聞いてくれたんや。それやのに……」

エツオはふらふらと立ち上がった。

「おまえのせいや、おまえの……！」

うなるように言って、彼はポケットに手を突っ込んだ。震える手が取り出したものは、折りたたみ式のナイフだ。

やばい。

身構えたそのとき、周平！　と呼ぶ二つの声が聞こえてきた。反射的に振り返ると、こちらに向かって駆けてくる二人の男が見えて目を丸くする。

一人は智良《ともよし》。もう一人は穂積だ。

何で二人が一緒にいるんだ。

事態が飲み込めなくてぽかんとしている間に、電光石火《でんこうせっか》で駆け寄ってきた穂積がエツオの手からナイフを叩き落した。間を置かずに胸倉をつかみ、彼の頬を躊躇なく殴《なぐ》りつける。

エツオがよろめきながらも拾い上げようとしたナイフを、智良が横から蹴《け》り飛ばした。ナイフは乾いた音をたてて道路の端へ転がってゆく。

目標のものを手にすることができず、エツオは再びアスファルトに倒れ込んだ。

「周平、怪我は？」

智良に早口で問われ、茫然《ぼうぜん》としながらも首を横に振る。

「いや、大丈夫」

「ほんまか？」

周平がうんと頷いたのを確かめたらしい穂積が、エツオの前に仁王立《におうだ》ちになった。

「文句あるんやったら俺に言うてこんかいボケ！　周平に手ぇ出すな！」

怒鳴った穂積の脚《あし》に、エツオはしがみついた。口許《くちもと》に血を滲《にじ》ませながら、ひしと別れた恋人を見上げる。

「捨てんといてくれ、穂積。俺はおまえがおらんとあかんのや。リナとは別れた。ほんまや。せやからもういっぺん、俺とやり直してくれ。な、頼む」

甘えた声で言いつのるエツオを、穂積は黙って見下ろしている。端整《たんせい》な面立ちには、愛《いと》しさも憎しみも映っていなかった。感情そのものがない。

息をつめて見守っていると、ぎゅっと腕をつかまれた。縋《すが》るのではなく、守ろうとするように前へ出たのは智良だ。

その間にも、エツオの懇願《こんがん》は続く。

「おまえは俺を見捨てんよな。今まで十年も一緒におったんや。こんなパッと出てきただけのガキのために、俺を捨てるなんて言わんやろ。もう絶対浮気なんかせん。約束も守る。嘘もつかん。俺にはおまえだけなんや」

「せやろな。おまえにはもう俺しかないわな」

穂積の穏《おだ》やかな口調に、エツオの顔が輝いた。が、彼が言葉を発する前に穂積は続ける。

「別れたんとちゃうやろ、エツオ。おまえは女にも捨てられたんや」

「ちが」

「違わん。本人がわざわざ俺に、別れたって言いにきよったんやからな」

それは、と言い訳しようとしたエツオを、穂積はまた遮《さえぎ》った。

「おまえ、女にもおまえがおらんとあかんて縋ったらしいな。女が嘘ついた可能性も考えたけど、あんまりおまえらしいて、てゆうか俺に言うてることとそのまんま同じで、疑う余地もなかったわ。彼女もある意味、俺とおまえの被害者や」

エツオ、と穂積が呼ぶ。

落ち着いた、しっかりとした声だった。

「こないだは、おまえが二股かけたからやとか、もう付き合いきれんとかいろいろ言うたけど、あんなもんは全部建前《たてまえ》やった。おまえが自分の意志で女と別れようが、きちんと約束守る、浮気せん真面目な男になろうが、俺のために何をしてくれようが、関係ないねん」

「関係ないて、そんな」

先ほど口にしたばかりの、穂積をつなぎとめるための手段を全否定されたエツオは、穂積のズボンをつかむ手に力をこめた。そして震える声でつぶやく。

「そしたら、そしたら俺はどないしたら……」

「せやから、もう何やってもあかんのやて」

周平は息をつめて穂積の言葉を聞いていた。

穂積は先ほどから確かに、エツオに向かって話している。しかし他者に聞かせるためというよりも、独白に近かった。自分の心を見据《みす》えながら話しているのが伝わってくる。

エツオ、と再び穂積が呼んだ。

「もうきれいごとは言わん。俺が周平を好きになった。結局、そんだけのことなんや。おまえも勝手やったけど、俺も勝手やねん」

じわ、と心臓が熱くなった。熱くなりすぎて痛い。

紛《まぎ》れもない穂積の本音。

それが今、はっきりとわかった。

「俺……、俺を捨てるんやったら、死ぬ、死ぬからな！」

突然怒鳴ったエツオにも、穂積は動《どう》じなかった。きっぱりと言い返す。

「おまえは死なん。そんな大変なこと、自分では決められん」

「決められる！」

「決められんて。前にも何回か同じようなこと言うたけど、結局何もせんかったやろが」

穂積は淡々と応じる。

「おまえは自分が痛い思いすんのが嫌なんや。自分が楽すること、気持ちええことが好きやねん。死ぬとか言うんも甘えの一種や。そういうこと言うたら、自分の思い通りになる思《おも》てる。

まあ実際、おまえの思い通りにしてきたからな。おまえが助け求めてくるんを放っとけんと、甘やかしてきた結果や」

苦笑した穂積は、脚に抱きついているエツオの両腕をつかんだ。力をこめて引きずり上げ、まっすぐに立たせる。身を屈《かが》めた穂積は、彼のジーンズについた埃《ほこり》を払った。

エツオはされるままだ。言うべき言葉が見つからないようで、唇を動かすものの、声にならない。

埃を払い終えた穂積は背を伸ばし、改めてエツオと向き合った。

整った白い面立ちに浮かんでいた苦笑は、いつのまにか消えていた。切れ長の双眸が、かつての恋人に鋭い視線を突き刺す。

「俺が好きになった男は徹底的に守るて、おまえはよう知ってるよな、エツオ」

諭《さと》す口調に、エツオは低くうめいた。きっと今まで穂積にしてもらったことのひとつひとつを思い出しているのだろう。その庇護《ひご》が、もう自分には与えられない現実に打ちのめされているのかもしれない。

「周平に手ぇ出したら、俺が倍にして返す。よう覚えとけ」

静かな物言いだけに、穂積が本気で言っていることが伝わってきた。

エツオにもそれは伝わったらしい。誰か助けてくれる人はいないかと探すように、あちこちに視線を投げる。

人通りが絶えていた通りに、小さな犬を連れた中年の女性と、会社帰りらしいスーツ姿の壮年の男性が偶然、通りがかった。男四人が道端に立ち尽くしているのを不審に思ってか、こちらを見ようともせず、足早に去ってゆく。もちろん、彼らがエツオを助けてくれるはずもない。

穂積はふと目を上げた。

「ここ駐禁なんやな。おまえもう点数そない残ってへんのやろ、違反とられたら免停《めんてい》になるぞ。つか、さっき刃物持っとったっけ。通報したら捕まるかもな」

独り言のような穂積の言葉に、エツオは青くなった。慌てたようにポケットのキーを探りつつ、路上に停めたままの車に向かってよろよろと踵《きびす》を返す。

その背中に、待て、と声をかけたのは智良だった。

「持って帰れ」

臆《おく》する様子もなく言って、道の端に転がっていたナイフをエツオに向かって蹴る。自分が持ってきたものなのに、エツオは小さく悲鳴をあげて足下《あしもと》に転がってきたナイフをよけた。が、すぐにあたふたとナイフを拾い、車に向かって走り出す。

いきなりつかみかかられたので気付かなかったが、彼の車は国産の大型車だった。

去ってゆく男の背を、穂積はじっと見つめている。

エツオが乗り込んだ車が発進した。その堂々とした外観とは裏腹に、頼りなくのろのろと進む。

ようやく車が通りすぎると同時に、周平は穂積に駆け寄った。腕をつかんでいた智良の手は、あっさりと離れる。

「穂積」

本当はすぐにでも抱きしめたかったが、まっすぐに立つ彼を抱きしめていいかわからなかったので、ただ正面に立った。

こちらを見つめてきた穂積は眉を寄せる。

「おまえ怪我は？」

「ねぇよ」

「ナイフで切られんかったか？」

「大丈夫だって」

そおか、とつぶやいて、穂積はほっと息をついた。

「ごめんな、怖かったやろ。あいつ、俺んちに勝手に入っておまえの住所探ったみたいでな、おまえの周りかぎまわっとったみたいなんや」

先週の木曜に、住所とマンションの電話番号を書いたメモを渡したのが仇《あだ》となったようだ。

「気付くんが遅れて止められんかった。すまん」

真摯に謝られて、周平は顔をしかめた。

「何かさっきからひ弱なガキみたいな扱《あつか》いされてるけど、俺はガキじゃない。守ってもらわなくても大丈夫だ。だいたい俺、穂積よりでかいし顔も怖いし」

「でかいのも顔怖いのもほんまやけど、おまえがガキなんもほんまやろ。俺より七つ下なんやから」

「穂積」

にらみつけると、穂積は笑った。ポン、と周平の肩を叩き、黙ってやりとりを見守っている智良に歩み寄る。

智良の正面に立った穂積は、深く頭を下げた。

「すんませんでした」

穂積の後頭を見下ろした智良は、わずかに眉を寄せた。何と答えるのかと息をつめていると、彼は突然こちらに視線を移す。

不意打ちで驚いたものの、周平は智良を見つめ返した。

智良がなぜ穂積と一緒にいたのかはわからない。どういう話をしたのかもわからない。

しかし穂積の真剣な思いは、先ほどのエツオとの会話を聞いただけでも伝わっただろう。

やがて智良は微《かす》かに笑った。見間違えかと瞬きをした周平から目を離し、項垂《うなだ》れたままの穂積に向き直る。

「周平が不幸になるようなことがあったら、僕が築島《つきしま》さんを刺しにいきます」

穏やかな口調で紡《つむ》がれた恐ろしい言葉に、はい、と穂積は神妙《しんみょう》に返事をした。

満足そうに頷いた智良は、再び周平を見遣《みや》った。

目が合うと、彼は微笑《ほほえ》んだ。智良らしい、穏やかな笑顔だ。

「二人でいろいろ話したいことあるやろ。今日は築島さんちに泊めてもらえ」

「智良さん」

——認めてくれたんだ。

そのことがわかって思わず呼ぶと、ただし、と智良は続けた。

「正月は京都ですごすぞ」

真面目な顔で言われて、わかった、と周平も真顔で頷いてみせる。

もう一度微笑んだ智良は周平から目をそらし、穂積に会釈《えしゃく》をした。そして振り返ることなくマンションへと歩き出す。

しっかりとした足取りで去ってゆく兄の後ろ姿を見送っていると、穂積がため息を落とす気配がした。安堵《あんど》を滲《にじ》ませた長いため息だ。

振り返った周平に、穂積は苦笑を浮かべた。

「おまえが穏やかで優しい人や言うてたから、そういうイメージ持ってたけど、あれはちゃうで。あの人、それなりに場数踏んどるぞ」

「そういえば前に、十代の頃ヤンキーだったたって言ってたな」

「ああ？　そういうことは先に言うとけや」

「や、俺も冗談だと思ってたから。それより何で智良さんと一緒だったんだよ」

周平の問いに、穂積は顔をしかめた。

「今日の昼間営業で外に出たとき、駅で偶然会《お》うたんや。ちゅうか先に俺に気ぃ付いたんはトモヨシさんやってんけどな。話がしたい言われて、帰りにサ店で待ち合わせしてん。カノジョのお父さんに呼び出された男の気持ちて、ああゆうのなんやろな」

「はあ？　さっきはガキで今度はカノジョかよ。どっちかっていうとあんたがカノジョだろ」

ムッとして言い返すと、穂積は楽しげに笑った。何を思ったのか、周囲に素早く視線をめぐらせる。かと思うと周平の首筋に腕をまわし、耳元に唇を寄せた。

「な、セックスしよ」

色めいた声で囁かれ、耳朶《じだ》に歯をたてられる。刃物を恐れることなく、かつての恋人を殴り飛ばした男とは思えない色気に、ぞく、と背筋に甘い痺《しび》れが走った。

「……しないんじゃなかったのか」

「けどしたい」

「俺のこと、信じられたのか」

周平の問いかけに、穂積はゆっくり腕を解《と》いた。見上げてくる双眸は、既に熱っぽく潤《うる》んでいて、またしても背筋に甘い痺れが走る。

しかし穂積は眼差しの艶《つや》っぽさとは反対に、素《そ》っ気《け》なく言った。

「わからん」

「わかんねぇのにしていいのかよ」

「ええねんもう。わからんでも何でも、おまえがどうしても好きやて、さっき思い知ったから」

蠱惑的《こわくてき》な笑みを向けられ、周平は眉を寄せた。ようやく好きと言われたのに、どうも腑《ふ》に落ちない。

信じられてないのに好きだからもういいって、何かいい加減じゃねぇ？

誘いかけるように見上げてくる穂積を、じろりとにらみ返す。

「納得いかねぇな」

「おまえはしたないんか？」

「そりゃしたいけど」

「そしたらしようや」

「でも俺のこと、信じられてないんだろ」

すかさず言い返すと、穂積は一瞬、目を見開いた。

何がおかしかったのか小さく笑った後、周平の腕をつかむ。

「これから、おまえが信じさしてくれ」

甘える物言いに、周平はため息を落とした。嬉しいことを言われているはずなのに、からかわれているような気がするのはなぜだろう。

自分が穂積より七つ年下だからか。それとも、単に性格の違いか。

けどまあ、いいか。

好きだから、もういい。

「わかった。信じさせてやる」

きっぱりと言い切って、周平は穂積の腕をつかみ返した。そして身も心も自分のものとなった彼を抱くために、ためらうことなく歩き出した。


玄関へ入るとすぐ、穂積はスーツの上着とコートを同時に脱いだ。周平もダウンジャケットを脱いだ。そうして先を争うように寝室へ向かいながらセーターを脱ぎ、更に下に着ていたシャツを脱ぎ捨てたところで、我慢ができなくなった。何しろ、穂積のマンションまでもたないかもしれないという危機感を覚えて、途中でホテルへ入ろうと提案したぐらいだったのだ。腕時計をはずし終えたところだった穂積を抱きしめ、舌を絡《から》めあう深いキスを施《ほどこ》しながらベッドに押し倒した。

以前、同じようなキスをしたときには、抗《あらが》わないかわりに、それほど応《こた》えてもらえなかったが、貪《むさぼ》るような口づけに、穂積は応えてくれた。それどころか穂積からも激しく求められ、淫《みだ》らな水音が唇の隙間から漏《も》れる。

「……すげ、もう濡《ぬ》れてる」

乱暴にベルトをはずし、ズボンの前を暴《あば》くと、穂積の下肢《かし》は既に熱く滴《したた》っていた。欲望を如《にょ》実《じつ》に訴《うった》えているそれを握り込むと同時に、ああ、と耳を蕩《とろ》かす甘い声があがる。ひきしまった腰が淫らに揺れた。

官能的なその動きを目にしただけで、穂積に負けないぐらいに張りつめた下肢に、更に熱が溜まる。かつてないほど欲情している自分を感じる。

「ん、二十日ぐらい……、してへん、やろ、あ」

「ずっと、俺としたかったんだ」

手を休めずに尋ねると、躊躇《ちゅうちょ》することなく感じたままの声をあげて悶《もだ》えながら、穂積は素直に首を縦《たて》に振った。

「したい……、したかっ、あ、ん」

穂積の甘い嬌声《きょうせい》と、手を動かす度《たび》に漏れるあからさまな水音が寝室を満たす。

これは、穂積の声だ。穂積の音だ。

穂積と体をつなぐようになって約半年。快感を与えつつ焦《じ》らす術《すべ》や、より強く感じさせる技を身につけたはずなのに、それらを発揮《はっき》している余裕はなかった。情欲に突き動かされ、力まかせに手を動かす。

ただでさえ高ぶっていたところへ、乱暴ともいえる愛撫《あいぶ》を施したせいだろう、穂積はいつもより格段に早い絶頂《ぜっちょう》を迎えた。背を弓なりに反《そ》り返《かえ》らせ、掠《かす》れた声をあげる。

は、は、と乱れた息を吐きながらぐったりと力を抜いた穂積を、周平は目を細めて見下ろした。上半身はシャツのボタンをひとつもはずさないまま、ネクタイもしめたままだ。ズボンと下着だけが腿《もも》の辺りまでずり落ちており、外気にさらされた下肢は濡れ尽くしている。しかも先ほど達したばかりだというのに、彼の劣情《れつじょう》はまだ欲望を訴えていた。

ひどく扇情的《せんじょうてき》な光景に、我知らず喉《のど》が鳴る。

「穂積」

飢《う》えた獣《けもの》の気分で、周平は穂積のネクタイを解《ほど》いた。とにかく早く上半身を暴きたくて、ネクタイを首から引き抜く間も惜《お》しんで、ボタンを上からはずしてゆく。

下肢だけをさらした格好《かっこう》もそそるが、やはり上半身も見たい。

何度も体をつないできたものの、穂積を仰向《あおむ》けに寝かせて愛撫したことはほとんどなかった。必要なのはあくまで彼の声だったから、体をつなぐときはもちろん前戯《ぜんぎ》も、彼の顔が見える体勢ですることはあまりなかった。しても、おざなりだった気がする。

しかし今は、穂積の全てがほしかった。

全てをつぶさに見て、触りたい。

ボタンをはずす度《たび》、うっすらと上気《じょうき》した白い肌が露《あらわ》になる。くっきり浮き出た鎖骨《さこつ》、滑《なめ》らかなラインを描く胸、その胸を飾る、硬く尖《とが》った紅色《べにいろ》の突起《とっき》、わずかに割れたひきしまった腹。その下の茂みの中で、先ほど欲を放ったばかりのものが濡れて震えている。

無駄のない体は、それだけを見れば確かに美しいが、あまり官能は感じない。が、その体が欲情している様はひどく淫らだ。

熱を帯びた吐息の合間に、穂積が小さく笑う気配がした。

「周平、目がエロい……」

「穂積の体がエロいからだろ」

「そらエロいやろ……。おまえに、触ってほしいてたまらんから……」

情欲に濡れた声で言って、穂積は潤んだ双眸で見上げてきた。乱れた息が出入りする唇の隙間から赤い舌先が現れ、己の唇をゆっくりと舐《な》める。

挑発する仕種《しぐさ》に、周平は抗わなかった。欲望のまま、既に色濃く染まった胸の突起にかじりつく。きつく吸いあげると、穂積は艶やかな悲鳴をあげた。

「は、あ」

背を反《そ》らしたせいで浮き上がった、もう片方の突起を指でつまむ。唇に含んだ方の突起と同じぐらい硬くなっているそれを、周平は思う様弄《いじ》った。

穂積はひっきりなしに甘い声をあげながら、逃れようとするどころか、逆に体を周平に押しつけてくる。

「周平、周平……」

穂積が甘えるように呼ぶ。もっと、とねだられていることがわかって、否《いや》が応《おう》にも興奮が高まった。ねだられるまでもない。己の欲を満たすよりもまず、穂積をもっと感じさせたい。蕩けるほど快感に浸《ひた》してやりたい。

周平は滑らかな手触りの肌を味わうように撫でまわした。白い肌を舐めて吸い、歯をたてて赤い印を刻《きざ》んでゆく。そうしながら邪魔なズボンを足を使って引き下ろし、穂積の脚から抜いてしまう。

手も唇も、ほんの少しでも休めたくないぐらいに穂積の全てが扇情的《せんじょうてき》だった。

脚の付け根の際《きわ》どいところに舌を這わせ、白い腿《もも》に歯をたてる。

中心で立ち上がっているものにも、周平は例外なく口づけた。

「あ！　あぁ、あ」

鋭い嬌声をあげた穂積にかまわず、それを口腔《こうこう》に招き入れる。穂積の劣情を口にするのは初めてだったが、ためらいは全くなかった。独特の味も気にならない。ただ感じさせたいという欲のまま、舌と唇を動かす。

指先での愛撫も加えると、ひきしまった腰が艶《なま》めかしく揺らめいた。穂積のものが口の中で力をもち、震えているのがわかる。濡れた口内が、彼がこぼすもので更に濡れる。その淫猥《いんわい》な感触は、周平の下肢をも刺激する。

夢中で愛撫を続けていると、穂積の指が髪に絡んだ。引き離そうとしたかと思うと、今度は押しつけるように頭全体を撫でる。

「そんな、したら……、また、出る……」

「……出せよ」

わずかに離した唇で囁く。ただし、指での愛撫は続けたままだ。

また新たな欲の証《あかし》が滴《したた》り落《お》ち、周平の手をしとどに濡らす。

「や、しゅうへ……」

「いいから出せって」

掠れた声で言って、穂積の劣情に吸いつく。

次の瞬間、穂積は艶めかしい声をあげて達した。

勢いよく放たれたものを、周平は口で受け止めた。唇を離すことなく全て飲み込んでから、は、と息を吐く。嫌悪は欠片《かけら》もなかった。それどころか、穂積が感じた証を漏らさず自分のものにできたことに満足を覚える。

穂積のものは、一滴も誰にもやらない。

荒い息を吐きながら口許を拭っていると、腰の辺りを軽く蹴られた。

「アホ……、飲むこと、ないやろ……」

色を帯びた声に、周平は顔を上げた。

こちらを見下ろしてくる穂積の顔には、あきれたような表情が映っていた。赤く染まった目《め》許《もと》と涙に濡れた瞳が、たまらなく色っぽい。

「いいじゃん、飲みたかったんだから」

「俺でもおまえの……、まだ、飲んだことないのに……」

不満そうな物言いだった。そういえば、口でしてもらったことはあっても、穂積の口の中で達したことはない。達する前にやめさせていた。あくまでも智良の代わりだったから、穂積の顔が見える状態で達することに抵抗があったのだ。

「じゃあ今度飲んでくれ」

「今は……？」

挑発する眼差しを向けられて、ずく、と下肢が疼く。穂積の口が極上の快楽を与えてくれることは、よく知っている。

が、周平は首を横に振った。

「今はそれより、したいことがある」

言って、穂積の膝の裏を持ち上げる。

すると彼は何をされるかわかったらしい、自ら両の脚を大きく開き、膝を立てた。そして脚の間にいる周平に誘う目を向ける。

「そんな丁寧《ていねい》にせんでも、入る思うで」

「……何で。二十日ぶりだろ」

「途中で、自分でやったから」

恥ずかしがる様子もなくあっさり言われて、周平は眉を上げた。上半身を乗り出し、真上から端整な顔を見下ろす。

「オカズ、俺だった？」

真剣に問うと、穂積はにやりと笑った。シャツを肩にまといつかせたまま、あちこちに赤い印が散った上半身と、濡れつくした下肢をさらして不遜《ふそん》な笑みを浮かべる彼は、ひどく淫らだ。

息をつめて見下ろすと、穂積はひたと周平を見上げたまま、艶っぽい声で囁く。

「もちろん、おまえや……。おまえの指、想像して、自分の指でかきまわして……、撫でて、拡《ひろ》げて……」

は、と穂積は熱い息を吐いた。自分の言葉で周平の愛撫を思い出したのか、ひきしまった腰がもどかしげに揺れる。

「バイブ入れたけど、全然足りんくて……。もっと熱《あつ》うて、大きいて……、俺のええとこ、いっぱい突いてくれる、おまえのがほしいてたまらんくて」

最後まで言わせず、周平は穂積の唇を塞《ふさ》いだ。乱暴に舌を差し入れ、温かく濡れた口腔を夢中で貪る。

一頻《ひとしき》り激しいキスをかわして唇を離すと、穂積は熱い吐息を落とした。二人分の唾液で濡れた唇を、赤い舌が舐めずる様子に喉が鳴る。

その音が聞こえたらしく、涙に濡れた穂積の長い睫《まつげ》が瞬《しばた》いた。情欲に濡れた双眸が誘うように見上げてくる。ただそれだけで、全身が痺れるように熱くなる。元から色気のある男だが、今ほどそそられたことはない。

「早《は》よ、ならして……」

色を帯びた声でねだられ、ああと周平は頷いた。そしてためらうことなく、開かれた脚の奥を指で探る。

目当ての場所は、すぐに見つかった。早くもひくひくと蠢《うごめ》いているのが指先に伝わってくる。ほしい、と訴えかけてくるそこへ、周平は二本の指を潜《もぐ》り込《こ》ませた。

「んっ、あ……」

穂積が放ったもので濡れていた指は、スムーズに奥まで飲み込まれる。自分でしたというのは本当らしい。燃えるように熱い内壁が、逃すまいとするかのように絡みついてくる。

周平は間を置かず、指を動かし始めた。

かきまわして、撫でて、拡げて。——先ほど穂積が言った通りに内部を蹂躙《じゅうりん》する。

その動きに合わせて、穂積はひっきりなしに声をあげた。彼の劣情が三度目の高ぶりを示し始める。達しても達しても足りない様子のそれに、周平はひどく煽《あお》られた。

「気持ち、いいか?」

ん、と穂積は素直に頷く。

「いい、気持ちい……、して、もっと……」

腰を揺らしながら言われて、周平はもう一本指を足した。既に二本は自由に動かせるようになっていたその場所は、三本目の指も容易《たやす》く受け入れる。

指先をばらばらに動かすと、感じる場所を抉《えぐ》ったらしく、穂積は高い嬌声をあげて背を反らした。踵《かかと》でシーツを蹴り、もどかしげに頭を振る。

情欲を抑えきれずに悶《もだ》える体は、間接照明の淡い光を受けて官能的に光っていた。穂積が快楽だけを感じていることは、甘すぎる嬌声から伝わってくる。周平に抱かれることに、無上の喜びを感じているとわかる様を目の当たりにして頬が緩む。

俺も嬉しい。俺に抱かれて感じる穂積で、もっと感じたい。

「入れて、いいか？」

尚も指を動かしながら尋ねると、ん、と穂積は頷いた。

「入れて……。周平の、ほし……」

ねだる口調に、周平はきつく目を閉じた。そうしなければ、何もしていないのに達してしまいそうだったのだ。

いくなら、穂積の中でいきたい。

再び開けた目に汗がしみた。顔をしかめながらも全ての指を一度に引き抜く。

すると穂積は掠れた声をあげた。ぐったりと力を抜き、シーツに四肢《しし》を投げ出す。乱れた呼吸に合わせ、赤い印をそここに刻んだ胸や腹が淫らに波打つ。

その隙に、周平は己の前を暴いた。まだ一度も達していない劣情は、既に充分張りつめている。もう一秒も待てない。

周平はスラリと伸びた穂積の両脚を抱え上げた。穂積はされるままだ。

しかし快感に潤んだ双眸は、しっかりと周平を捉《とら》えている。

誰の代わりでもない。おまえに抱かれたい。おまえとつながりたい。

そう訴えてくる目を見つめたまま、周平は胸につくまで穂積の脚を折りたたんだ。

俺だって同じだ。誰の代わりでもなく穂積を抱きたい。

今し方まで指を入れていた場所を己の先端で探り出した周平は、間を置かずに一息に貫いた。

「あ……!」

穂積は長く尾を引く悲鳴をあげる。休まずに激しく揺さぶってやると、更に甘い声で啼《な》いた。

「あ、あっ、あ」

色めいた嬌声は、セックスフレンドだった頃の声より、ずっと扇情的だ。恐らく声の端々に、歓喜が色濃く滲んでいるからだろう。

「穂積……!」

たまらない愛しさのままに呼んで、腰を強く打ちつける。

淫靡な水音が漏れると同時に、穂積はまた艶やかな声をあげた。宙に浮いた足先が跳ね上がる。高ぶった劣情から滴ったものだ、穂積自身の腹にこぼれ落ちた。端整な面立ちには、苦しげでありながらも陶然《とうぜん》とした表情が浮かんでいて、彼がこれ以上ないぐらい感じていることがわかる。

周平も、かつてないほど感じていた。穂積の内部は、溶かされてしまいそうなほど熱い。二度と離すまいとするかのようにきつくしめつけたかと思うと、花がほころぶように緩む。そうして更なる刺激をねだるように蠢いて、周平の劣情を思う様愛撫する。

淫らな愉悦《ゆえつ》に蕩《とろ》ける顔や、のけぞる顎のライン。濃く色づいた胸の突起や、脚の中心で形を変え、濡れて震えている性器。背後から入れていたときには見ることができなかった、それら全てに情欲をかきたてられ、周平は夢中で引いては突く動きをくり返した。

穂積もまた、周平の動きに合わせて腰を揺らす。一際淫猥《ひときわいんわい》な水音が、つながった場所からあふれ出た。

「周平、周平……」

恍惚《こうこつ》と呼ばれて、周平は思わず動きを止めた。呼び直しをさせるまでもなく、穂積が周平と口にしたのは初めてだ。

ほとんど理性が残っていない状態で、名前を呼んでもらえた。

穂積はほんとに、俺が好きなんだ。

しかし当の穂積は、なぜ周平が動きを止めたのかわからなかったらしい。もどかしげに腰をくねらせてねだる。

「やっ……、して、周平……」

もう一度名を呼ばれ、周平は歓喜の塊《かたまり》が胸の奥で爆発するのを感じた。

止めていた動きを、瞬時に再開する。途端に穂積は、安堵したような嬌声をあげた。

穂積が最も感じるやり方で、そしてもちろん、周平自身も感じるやり方で、腰を動かす。それに合わせて、彼の張りつめた欲望を愛撫する。

艶やかな声をあげた穂積は放埒《ほうらつ》に腰を揺らし、限界を訴えた。

「あ、あ、いく」

「俺も、いく、から……、一緒に……」

荒い息の合間を縫《ぬ》って囁いた周平は、強く腰を入れると同時に、穂積を愛撫する指先にも力をこめた。

刹那、下肢に生《しょう》じた強烈な快感に低くうめく。穂積も掠れた悲鳴をあげる。

きつくしめつけられて、周平は更にうめいてしまった。

しかしそこはすぐに緩む。達したばかりの周平を尚も愛撫するように、艶めかしく収縮《しゅうしゅく》する。

知らず知らずのうちに、満足と安堵の深いため息が漏れた。

こんなに気持ちがいいセックスは、生まれて初めてだ。

穂積も大きく息を吐いた。それに合わせて内部も蠢く。

「めっちゃ、よかった……」

たっぷりと甘さが残る声でつぶやいた穂積に、周平は閉じていた目を開けた。

上気した頬をそのままに、うっとりこちらを見上げてきた彼に微笑む。

「俺も、よかった」

心から出た言葉だとわかったのだろう、穂積は嬉しそうに笑う。

その顔を見ただけで、じんと胸が熱くなった。

愛しいと思う。目の前にいる男の全てが愛おしい。

「ほんまに、よかった？」

甘えるように問われて、ああ、と頷く。

「今までのどのセックスより、一番、よかった」

その答えに、穂積はまた嬉しそうに笑った。かと思うと彼は、周平の腰を膝で挟《はさ》む。

「このままもっかいしよ。おまえのまだ、元気やし」

穂積の言った通り、彼の内部を占拠《せんきょ》したままの周平は衰《おとろ》えていなかった。達したというのに、まだ硬度《こうど》を保っている。

「けど、二回も中には……」

「ええよ」

あっさり頷いた穂積は、誘い込む眼差しを向けてきた。ただでさえ熱かった四肢に、更に熱が溜まる。

これなら何回でもできそうだ。

そんな不埒《ふらち》なことを思っていると、鼻先をつままれた。

「出してええけど、そのかわり、おまえがきれいにするんやぞ」

「……穂積」

想いを込めて呼んだ周平は、何より魅力的な恋人の体に再び没頭《ぼっとう》した。


ケーキ屋のドアを開けると、いらっしゃいませ、と店の奥にいた中年の女性がニッコリ笑いかけてきた。こんばんは、と周平《しゅうへい》も笑みを返す。

店内の暖かさに、ほっと息が漏《も》れた。去年の暮れに一度緩《ゆる》んだ寒さだが、年が明けてからまたぶり返してきている。今日も朝から鉛色《なまりいろ》の空が広がり、風の冷たさも尋常《じんじょう》ではない。

他に客がいなかったので、周平は強張《こわば》っていた体から力を抜いて女性に声をかけた。

「できてますか？」

尋ねると、はい、と女性は笑顔で頷く。

「できてます。少々お待ちいただけますか？」

女性は厨房《ちゅうぼう》の方へ踵《きびす》を返した。数秒も経《た》たないうちに表に戻ってくる。

彼女は手に大きな白い箱を持っていた。もう一度周平に向かってニッコリと笑ってみせ、陳《ちん》列《れつ》ケースの上に箱を置く。

「お待たせいたしました。こちらでよろしかったですか？」

蓋《ふた》をあけた女性が、中が見えるようにわずかに傾けてくれたので、周平は箱を覗《のぞ》き込《こ》んだ。

たっぷりの生クリームに包まれたケーキがホールで入っている。点々と飾りつけられた苺《いちご》の赤が愛らしい。チョコレートで書かれているのは『お誕生日おめでとう』という文字だ。

このケーキを見たときの穂積《ほづみ》の顔を想像して、周平は小さく笑った。

前にも予想した通り、アホちゃうか、とあきれるか。あんなもんガキの頃の話や、と興味のなさそうな顔で突き放すか。

でもほんとは満更《まんざら》でもないんだよな。

去年のクリスマスにも、この店のケーキを贈った。甘いものはあまり得意ではないと言っていた穂積だが、甘すぎないケーキが気に入ったらしく、しっかり食べた。

今回もきっと、文句を言いながらも勢いよく食べるのだろう。

素直じゃないからな、穂積は。

「はい、これでけっこうです。ありがとうございます」

頷いてみせると、女性はニッコリ笑った。丁寧《ていねい》に蓋を閉めながら言う。

「こちらこそ、またうちでお買い上げくださってありがとうございます」

「この間のクリスマスケーキが気に入ったみたいで」

箱を受け取った周平は、穂積の顔を思い浮かべつつ答えた。

すると女性は楽しげに笑う。

「それはありがとうございます。大切な方に、よろしくお伝えくださいね」

誰が気に入ったのか言わなかったのに、恋人だと見当をつけたらしい彼女の物言いに、周平は柄《がら》にもなく赤くなってしまった。思い返してみれば、恋人のためにケーキを買うなんて初めてだ。

柔らかな笑みを浮かべている女性に、すみませんと意味もなく謝った周平は、照れくささも手伝って、そそくさと会計を済ませた。ありがとうございました、という声に送られて外へ出た途端、芯《しん》まで冷えきった風が吹きつけてきて、思わず首をすくめる。しかし、寒さはほとんど感じなかった。まだ顔が熱いせいだ。

早く行こう。穂積が待ってる。

箱を持ち直した周平は、自宅のマンションがある方角ではなく、駅の方へ足早に歩き出した。

いつも通り自転車で行ってもいいのだが、漕《こ》ぐうちにケーキが傾いて崩《くず》れてしまうかもしれない。だから穂積のマンションまで電車で行くことにしたのだ。せっかく穂積のために買ったケーキである。きれいなものを食べてほしい。

今日は平日だが、穂積はもう帰っているはずだ。半時間ほど前に、今日は残業ないから今から帰る、とだけ入力された愛想《あいそ》の欠片《かけら》もないメールが届いた。当然のことながら、絵文字はひとつも入っていなかった。恋人になっても、彼の素《そ》っ気《け》なさは変わらない。

まあでもメールくれるってこと自体が、俺に会いたいっていう意志表示なんだけど。

何しろクリスマスのときも、似たようなメールが届いたのだ。相変わらず、わかりにくいのかわかりやすいのか、はっきりしない男である。

でもそこが穂積らしくていい。

駅に着き、電車に乗っている間も、頭の中にあるのは穂積のことばかりだ。正月休みが明けたばかりで日常生活に戻りきれていないせいか、どこか疲れたような表情の通行人が多い中、周平の顔は少し場違いなほど緩んでいた。

ケーキ食べたら、今日は穂積がしたいだけ、穂積がしたいようにやろう。

メールのすげなさは相変わらずだが、情事の最中の艶《つや》っぽさは、恋人になった後、倍増《ばいぞう》した気がする。もちろん、互いに上体を起こして向かい合う形でつながったり、穂積がまたがってきたりと、セックスフレンドだった頃には経験したことがなかった体位でのセックスが増え、今まで知らなかった穂積を知ったせいもあるだろう。

しかしそれ以上に、穂積自身に愛らしい色っぽさが生まれたせいもある。ためらうことなく甘えてくる様子が、何ともかわいい。普段が乱暴といっていいほど愛想がないだけに、余計にその可愛らしさにはまってしまうのだ。本当に何回でもしたくなる。

ちなみに今日、智良《ともよし》には正直に、穂積のマンションに泊まると告げてある。穂積の誕生日であることを話すと、ゆっくりしてき、と笑ってくれた。

穂積と直接顔を合わせて以来、智良の周平に対するぎこちなさは感じられなくなった。二人の関係を、きちんと認めてくれたようだ。

智良さんが兄貴でよかった。

穂積を想う熱い気持ちの他に、あたたかな気持ちが湧《わ》いてくるのを感じながら周平は歩いた。

駅から穂積のマンションまでは、徒歩で五分ほどだ。駆け足の一歩手前の早さで歩くと、すぐにマンションが視界に入ってくる。

穂積の部屋に明かりがついているのが見えて、周平は口許を緩めた。

俺を待っててくれる。

そう思うと矢も楯もたまらず、周平は駆け出した。オートロックの番号は、既に教えてもらっている。難なくエントランスを通り抜け、穂積の部屋へと急ぐ。

見慣れたドアの前で立ち止まった周平は、逸《はや》る気持ちを抑《おさ》えてチャイムを押した。

それほど間を置かずにドアが開き、穂積が顔を覗かせる。トレーナーにジャージのズボンというリラックスした格好《かっこう》だ。

「今日は強盗みたいやない」

開口一番そんなことを言われて眉を寄せる。

「電車で来たから帽子かぶる必要なかったんだよ」

「何で電車やねん」

体を引きつつ穂積が尋《たず》ねてくる。入れと促《うなが》す仕種に従いながら、周平は手に持っていたケーキの箱を差し出した。

「誕生日おめでとう」

背後でドアが閉まると同時に言うと、穂積は瞬《まばた》きをした。周平が差し出した白い箱を改めて見下ろした後、周平自身の顔をまじまじと見上げてくる。

こちらに向けられたのは、嬉しいというより、あきれたような視線だ。

「俺がごねたんはガキの頃の話やぞ」

「いいじゃん。誕生日なんだから」

箱を押しつけると、穂積はやはりあきれた顔で受け取った。感激した様子もなく、どうも、と短く言って踵を返し、リビングに向かってスタスタと歩き出す。

最初から素直に礼を言われるとは思っていなかったし、むしろ予想していた通りの反応だったので、がっかりすることはなかった。穂積のことだ、本当にいらないのなら、いらないとはっきり言うだろう。受け取ってくれただけで充分だ。

笑みを浮かべ、スラリとした後ろ姿を追いかける。

ほどよく暖房がきいたリビングに入った穂積は、すぐにソファに腰かけた。ローテーブルにケーキの箱を置き、無造作《むぞうさ》に蓋を開ける。

中を覗き込んだ瞬間、形のいい眉が寄った。

もしかして生クリーム嫌いなのか？

クリスマスはチョコレートケーキにした。同じものはだめだろうと思って、違うケーキにしたのだが。

何を言われるのかと穂積の次のリアクションを待っていると、彼は眉を寄せたままこちらを見た。

「周平、おまえ電車で来たんやろ？」

「うん」

「満員やったんか」

「いや、普通に座れたけど」

「そしたら何でこんななってん」

穂積に手招きされ、周平はテーブルに歩み寄った。そして箱を覗き込む。

ケーキは無残《むざん》に崩れていた。きれいに飾り付けられていたクリームが、箱の壁についてしまっている。上に載っていた苺もいくつか落ちていた。かろうじて『お誕生日おめでとう』という文字が読み取れることだけが救いだ。

「さっき走ったからだな」

つぶやくと、何じゃそら、とすかさずツッこまれた。

「ケーキ壊さんために、わざわざ電車で来たんやろが」

「そうだけど、走っちゃったんだから仕方ないだろ」

「何で走ってん」

怪訝《けげん》そうに尋ねられて、周平は言葉につまった。

走ったのは、穂積に早く会いたかったからだ。

しかし、そう答えるのは恥ずかしくて視線をそらす。

「別に。理由はない」

ぶっきらぼうに答えると、ふうん、と穂積は頷いた。おもしろがるような響きがそこにある。

周平の態度と物言いで、走った理由を悟《さと》ったようだ。

が、それ以上は追及せず、再び箱の中を覗き込む。

「これ、クリスマスんときのケーキと同じ店のやろ」

言って、穂積はクリームを人差し指ですくった。それをおもむろに口に含む。

ちゅ、と音をたてて指を離した彼は、大きく頷いた。

「甘すぎんでええ感じや」

もう一度頷いた穂積は、またクリームを指ですくった。そして、ん、とこちらに向かって差し出す。

周平は生クリームがたっぷりとまとわりついた指から、穂積に視線を移した。

整った面立《おもだ》ちには、やはりおもしろがる表情が映っている。周平の反応を見て楽しんでいるようだ。

そこまで純情じゃねぇぞ、俺は。

周平は躊躇《ちゅうちょ》することなく背を屈め、穂積の指先を口に含んだ。たちまち上品な甘味が舌の上に広がる。わざと舌をいやらしく動かしてクリームを舐めとり、つい先ほど穂積がしたように、ちゅ、と音をたてて口から出す。

「旨《うま》い」

穂積を見下ろし、しれっと言ってやると、彼は盛大《せいだい》に顔をしかめた。

「かわいいないぞ、エロガキ」

「俺にかわいさは求めてねぇだろ」

笑って言って、への字に曲がった唇に軽いキスを贈る。

避けることなく受け止めてくれた穂積に、周平は満足の笑みを浮かべた。以前のように何も感じていないのではなく、恋人としての戯《たわむ》れのキスとして受けてくれたことが、わずかに緩んだ頬から読み取れたからだ。

「コーヒーいれるからケーキ食おう」

コートを脱ぎながら言うと、即座に答えが返ってくる。

「俺ブラックな」

「わかってるよ。座って待ってろ」

キッチンに向かって踵を返すと、周平、と声をかけられた。

振り向いた瞬間、いきなり穂積の腕が首に巻きついてくる。強い力で引き寄せられ、唇を塞《ふさ》がれたかと思うと舌が入ってきて、周平は瞬きをした。互いの口内にわずかに残っていたのか、クリームの甘い味がする。

一頻《ひとしき》り周平の口腔《こうこう》を潤《うるお》した後、穂積の唇はゆっくり離れた。ただし、腕は首にまわったままだ。

は、と思わず吐息を漏らすと、切れ長の双眸《そうぼう》が色を帯びた視線を送ってくる。距離が近すぎて表情ははっきりしなかったが、その目の色から、誘われていることがわかった。

「どうせキスするんやったら、これぐらいやれ」

艶《つや》やかな声で命令され、周平は細い腰に両の手をまわした。穂積は抗《あらが》わない。それどころか、思わせぶりに体を預けてくる。

たまらない愛《いと》しさを感じながら、額《ひたい》に額を合わせて囁く。

「今したら、ケーキもコーヒーも後まわしになるけど、いいか？」

「ええやろ。ケーキもコーヒーも逃げん」

あっさり言った唇に、周平は唇を重ねた。

穂積の唇が笑みの形になっていたことを、周平は唇で直接感じとった。

あとがき

久我有加

あれは二〇〇七年、六月のこと。

雑誌『小説ディアプラス』がリニューアルしました。「ももいろヘヴン」というエロショートシリーズが毎号掲載《けいさい》されるようになり、雑誌全体のエロが強化されたのです。

かくなる上は、私も強化せねば。

そう決意して、いつもよりエロをたくさん書くためにはどうすればいいか考えました。

互いを知って好きになって告白して、と順序を踏んでいたら強化できそうにない。よし、最初からエロありきのセックスフレンドの話を書いてみよう！

そんなこんなで生まれたのが本作です。強化したわりに少ないのでは、というご指摘の声が聞こえてきそうですが、久我的には精一杯の増量でございます……。たいしたことなくて申し訳ありません。

登場人物に関しては、周平《しゅうへい》も穂積《ほづみ》も書きやすかったです。私の場合、年下攻だとどうしてもワンコっぽくなるので、周平はなるべくワンコにならないようにしようと思いつつ書きました。が、最終的にはかなりワンコになった気がします。ワンコ攻は、オトコマエ受と共に昔から変わらないモエなので、自然と発動《はつどう》してしまったようです。

ちなみに「ももいろヘヴン」には、私も『小説ディアプラス』08年フユ号（Vol・28）に書かせていただきました。超がつくほどヘタレな年下攻と、オトコマエで強い年上受の話です。こちらの攻は、最初から最後まで尻尾《しっぽ》ふりふりのワンコです。興味を持たれましたら、バックナンバーを取り寄せて読んでみてやってください。

ワンコ攻とオトコマエ受のように変わらないモエがある一方で、移り変わるモエもあることは、以前のあとがきにも書きました。

昔はあったはずのツンデレ受モエが、ほとんどなくなってしまったことに気付いたのは、最近です。ツンデレはどちらかというと、攻の方がモエます。でもやっぱりワンコ攻も好きという、なんだか矛盾《むじゅん》した状態になっております……。

最後になりましたが、お世話になった皆様方に感謝申し上げます。

編集部の皆様はじめ、本書に携《たずさ》わってくださった全《すべ》ての皆様。ありがとうございます。特に担当様にはご面倒《めんどう》をおかけしてしまい、申し訳ありませんでした。

高久尚子《たかくしょうこ》先生。お忙しい中、挿絵《さしえ》を引き受けてくださり、ありがとうございました。素敵なイラストを描いていただけて、とても嬉しかったです。かっこいい周平ときれいな穂積にめろめろです。

支えてくれた家族。いろいろほんまにすんません。ありがとう。

そして、この本を手にとってくださった皆様。心より感謝申し上げます。貴重なお時間をさいて読んでくださり、ありがとうございました。もしよろしければ、一言だけでもご感想をちょうだいできると嬉しいです。

それでは皆様、お元気で。

二〇〇八年十二月　久我有加

D E A R + N O V E L

簡単で散漫なキス《かんたんでさんまんなキス》

この本を読んでのご意見、ご感想などをお寄せください。
久我有加先生・高久尚子先生へのはげましのおたよりもお待ちしております。
〒113-0024　東京都文京区西片2-19-18　新書館
[編集部へのご意見・ご感想] ディアプラス編集部「簡単で散漫なキス」係
[先生方へのおたより] ディアプラス編集部気付　○○先生

初　出
簡単で散漫なキス：書き下ろし

新書館ディアプラス文庫

著者：**久我有加** [くが・ありが]
初版発行：**2009年 1月25日**

発行所：株式会社**新書館**
[編集] 〒113-0024　東京都文京区西片2-19-18　電話(03)3811-2631
[営業] 〒174-0043　東京都板橋区坂下1-22-14　電話(03)5970-3840
[URL] http://www.shinshokan.co.jp/
印刷・製本：**図書印刷株式会社**

定価はカバーに表示してあります。乱丁・落丁本はお取替えいたします。
ISBN978-4-403-52206-2

S H I N S H O K A N

リゾラバで行こう! イラスト みずき健
プリズム イラスト みずき健
晴れの日にも逢おう イラスト みずき健

新堂奈槻《しんどう・なつき》
君に会えてよかった①〜③ イラスト 蔵王大志（※③定価630円）
ぼくはきみを好きになる? イラスト あとり硅子
one coin lover イラスト 前田とも
タイミング イラスト 前田とも

菅野 彰《すがの・あきら》
眠れない夜の子供 イラスト 石原 理
愛がなければやってられない イラスト やまかみ梨由
17才 イラスト 坂井久仁江
恐怖のダーリン♡ イラスト 山田睦月
青春残酷物語 イラスト 山田睦月
なんでも屋ナンデモアリ アンダードッグ ①② イラスト 麻生 海

菅野 彰&月夜野 亮《すがの・あきら&つきよの・あきら》
おおいぬ荘の人々 全7巻 イラスト 南野ましろ（※②定価620円）

砂原糖子《すなはら・とうこ》
斜向かいのヘブン イラスト 依田沙江美
セブンティーン・ドロップス イラスト 佐倉ハイジ
純情アイランド イラスト 夏目イサク（※定価651円）
204号室の恋 イラスト 藤井咲耶
言ノ葉ノ花 イラスト 三池ろむこ
恋のはなし イラスト 高久尚子
虹色スコール イラスト 佐倉ハイジ

たかもり諫也（魔守諫也 改め）《たかもり・いさや》
夜の声 冥々たり イラスト 藍川さとる
秘密 イラスト 氷栗 優
咬みつきたい。 イラスト かわい千草

玉木ゆら《たまき・ゆら》
元彼カレ イラスト やしきゆかり
Green Light イラスト 蔵王大志
ご近所さんと僕 イラスト 松本 青

月村 奎《つきむら・けい》
believe in you イラスト 佐久間智代

Spring has come! イラスト 南野ましろ
step by step イラスト 依田沙江美
もうひとつのドア イラスト 黒江ノリコ
秋霖高校第二寮 全3巻 イラスト 二宮悦巳
エンドレス・デート イラスト 金ひかる（※定価[illegible]円）
エッグスタンド イラスト 二宮悦巳
きみの処方箋 イラスト 鈴木有布子
家賃 イラスト 松本 花
WISH イラスト 橋本あおい
ビター・スイート・レシピ イラスト 佐倉ハイジ
秋霖高校第二寮リターンズ① イラスト 二宮悦巳

ひちわゆか《ひちわ・ゆか》
少年はKISSを浪費する イラスト 麻々原絵里依
ベッドルームで宿題を イラスト 二宮悦巳
十三階のハーフボイルド① イラスト 麻々原絵里依（※定価620円）

日夏塔子（榊 花月）《ひなつ・とうこ》
アンラッキー イラスト 金ひかる
心の闇 イラスト 紺野けい子
やがて鐘が鳴る イラスト 石原 理（※定価714円）

前田 栄《まえだ・さかえ》
ブラッド・エクスタシー イラスト 真東砂波
JAZZ 全4巻 イラスト 高群 保

松岡なつき《まつおか・なつき》
【サンダー&ライトニング 全5巻】 イラスト カトリーヌあやこ
①サンダー&ライトニング
②カーミングの独裁者
③フェルノの弁護人
④アレースの娘達
⑤ウォーシップの道化師
30秒の魔法 全3巻 イラスト カトリーヌあやこ
華やかな迷宮 全5巻 イラスト よしながふみ

松前侑里《まつまえ・ゆり》
月が空のどこにいても イラスト 碧也ぴんく
雨の結び目をほどいて イラスト あとり硅子
空から雨が降るように 雨の結び目をほどいて② イラスト あとり硅子
ピュア½ イラスト あとり硅子
地球がとっても青いから イラスト あとり硅子

猫にGOHAN イラスト あとり硅子
その瞬間、ぼくは透明になる イラスト あとり硅子
籠の鳥はいつも自由 イラスト 金ひかる
階段の途中で彼が待ってる イラスト 山田睦月
愛は冷蔵庫の中で イラスト 山田睦月
水色ステディ イラスト テクノサマタ
空にはちみつムーン イラスト 二宮悦巳
月とハニーベア イラスト 二宮悦巳
Try Me Free イラスト 高星麻子
リンゴが落ちても恋は始まらない イラスト 麻々原絵里依
星に願いをかけないで イラスト あさとえいり
カフェオレ・トワイライト イラスト 木下けい子
プールいっぱいのブルー イラスト 夢花 李
アウトレットな彼と彼 イラスト 山田睦月
ピンクのピアニシモ イラスト あさとえいり
パラダイスより不思議 イラスト 麻々原絵里依
もしも僕が愛ならば イラスト 金ひかる

真瀬もと《まなせ・もと》
スウィート・リベンジ 全3巻 イラスト 金ひかる
きみは天使ではなく。 イラスト あとり硅子
背中合わせのくちづけ 全3巻 イラスト 麻々原絵里依
熱情の契約 イラスト 笹生コーイチ
上海夜想曲 イラスト 後藤 星

渡海奈穂《わたるみ・なほ》
甘えたがりで意地っ張り イラスト 三池ろむこ
ロマンチストなろくでなし イラスト 夏乃あゆみ
神さまと一緒 イラスト 窪スミコ
マイ・フェア・ダンディ イラスト 前田とも
夢は廃墟をかけめぐる☆ イラスト 依田沙江美
恋になるなら イラスト 富士山ひょうた
さらってよ イラスト 麻々原絵里依
正しい恋の悩み方 イラスト 佐々木久美子
手を伸ばして目を閉じないで イラスト 松本ミーコハウス

＜ディアプラス小説大賞＞
募集中!

トップ賞は必ず掲載!!

賞と賞金

大賞・30万円
佳作・10万円

内容

ボーイズラブをテーマとした、ストーリー中心のエンターテインメント小説。ただし、商業誌未発表の作品に限ります。

・第四次選考通過以上の希望者には批評文をお送りしています。詳しくは発表号をご覧ください。なお応募作品の出版権、上映などの諸権利が生じた場合その優先権は新書館が所持いたします。
・応募封筒の裏に、**【タイトル、ページ数、ペンネーム、住所、氏名、年齢、性別、電話番号、作品のテーマ、投稿歴、好きな作家、学校名または勤務先】**を明記した紙を貼って送ってください。

ページ数

400字詰め原稿用紙100枚以内(鉛筆書きは不可)。ワープロ原稿の場合は一枚20字×20行のタテ書きでお願いします。原稿にはノンブル(通し番号)をふり、右上をひもなどでとじてください。なお原稿には作品のあらすじを400字以内で必ず添付してください。
小説の応募作品は返却いたしません。必要な方はコピーをとってください。

しめきり

年2回　1月31日/7月31日(必着)

発表

1月31日締切分…小説ディアプラス・ナツ号(6月20日発売)誌上
7月31日締切分…小説ディアプラス・フユ号(12月20日発売)誌上
※各回のトップ賞作品は、発表号の翌号の小説ディアプラスに必ず掲載いたします。

あて先

〒113-0024　東京都文京区西片2-19-18
株式会社 新書館
ディアプラス チャレンジスクール〈小説部門〉係